アカデミアを離れてみたら

博士、道なき道をゆく

岩波書店編集部 編

岩波書店

装丁＝小林祐司

はじめに

アカデミア——研究者としての常道——から「外」に踏み出すと、どんな景色が見えるでしょうか。アカデミアでの経験は、その後にどう活かされるのでしょうか。主として理系の博士たち21人に、存分に語ってもらったのが本書です。

本書では「アカデミア」を、「大学あるいはそれに類する公的機関における研究環境」とゆるやかに捉えています。[*1] 著者は30代〜40代の方が中心ですが、その大先輩の世代で、広く深い経験をお持ちのお二方にも、「特別編」枠でご登場いただきました。

出身分野も、現在の職種も、進路選択の動機も、あえてさまざまな方に登場してもらっています。アカデミアとの距離のとりかたもまた、さまざまです。中も外もなく行き来する方も、うんと離れてから戻ってきた方もいれば、一貫して「外」を謳歌している方も。そしてこの先の展開にもまた、無限の可能性があります。本書はあくまで通過点、道なき道をゆく博士たちの、現在進行形の物語です。

*

本書の内容は、岩波書店のウェブ連載「アカデミアを離れてみたら」(2020年4月〜2021年4月掲載)が基になっています。企画の構想段階から編集部を激励し、本書のあとがきも寄せてくださった榎木英介さん、連載前の取材に応じてくださったみなさま、そして何より、かけがえのない経験を託してくださった著者の方々に深く感謝いたします。

２０２１年６月

岩波書店編集部

＊１　近年の日本の博士号取得者のうち、本書でいう「アカデミアを離れ」た人がどれだけいるのかについては、文部科学省科学技術・学術政策研究所による「博士人材追跡調査」がひとつの参考になる。たとえばNISTEP REPORT No.188「『博士人材追跡調査』第３次報告書」(２０２０年11月、https://doi.org/10.15108/nr188)では、２０１２年度および２０１５年度に日本の博士課程を修了した者の進路を追跡調査した結果が示され、博士課程修了3・5年後の雇用先機関のうち「大学等」「公的研究機関」「無回答」以外(民間企業、非営利団体(学校・行政等を含む)、個人事業主、その他・無所属)の割合は、２０１２年度修了者で38・7%、２０１５年度修了者で35・7%となっている。

目次

4　組織をおこす

5　「越境」をかさねて

◇本書の第1～5章および特別編は、岩波書店のウェブマガジン「たねをまく」2020年4月～2021年4月に掲載された連載「アカデミアを離れてみたら」を基にしています。各稿の末尾に、ウェブマガジンへの掲載年月を記しました。各稿の内容はほぼウェブマガジン掲載時のままですが、掲載から本書の刊行までに状況に変化のあった箇所など、若干の加筆修正がなされている場合もあります。

◇特別編を除く各稿のうち、末尾に「談」とあるものは、インタビューを基に編集部で原稿を作成したものです。

◇各稿末尾の注のURLは、いずれも2021年6月確認。

1　企業につとめる

ポスドク街道11年の果てで進退窮ま……らなかった話

牧野崇司
（株式会社ブレインパッド）

私の来歴を簡単に説明すると、仙台で学位を取得して以降、筑波、トロント、山形と大学を渡り歩きながら、丸11年をポスドク[*1]として過ごしました。専門は花と虫の関係を探る「送粉生態学」という分野で、ハチに背番号をつけて追いかけたり、調査地に毎週通って花の色の組成を調べたりと、アウトドア寄りの研究生活を送っていました。それが一転、現在はデータサイエンティストとして、民間企業でオフィス勤めをしています。この「一転」の過程を、同じように悩める誰かの参考になればと思いつつ、本稿でご紹介します。

いよいよ危ないかも

アカデミアを離れることを考え、実際に行動に移したのは、ポスドク生活11年目の冬（2016年12月末）でした。それまでアカデミア以外の選択肢には目もくれず、自身に関連しそうな分野の助教・講師・准教授の公募に応募し続けていましたが、面接に呼ばれることもほとんどなく、ポスドク時代の後半を過ごした山形での5年間は、お祈りの封筒を毎月のように受け取っていました。一方の研究生活は、山あり谷ありでしたが基本的には楽しく、大好きな山形の自然を相手に調査を行い、定期的に良い雑誌に論文を出し、自分の研究費も獲得し、圧倒的とは言えないまでも、さりとて悪くはない研究業績を積み上げていました。そうした業績と、その昔誰かから聞いた「地道に良い仕事を積み上げていればそのうちアカデミアで職に就ける」との言葉を心の支えにしながら、特に腐ることもなく楽天的に過ごしていたのですが、さまざまな理由から「いよいよ危ないかも」と思うに至りました。

花色の研究で通い詰めたポスドク時代の調査地。よく見ると中央にニホンザルが写っています。

理由は大きく五つあります。一つめは、数年前と比べて関連分野の公募の数が明らかに減少し、ただでさえ厳しい競争がさらに激化しそうだったこと（予想通り、民間に転職した後も公募はどんどん少なくなっていきました）。二つめは、年齢制限の噂と、迫り来る40歳の節目です。要項には書いていないのに年齢制限を課しているという公募の噂は絶えず、すでに38歳だった私が制限を受ける可能性は高まる一方でした（こちらも後に政府が若手重視の方針を打ち出し、状況はさらに悪化することになります）。三つめは、公式にアピールできる教育経験がほとんどなかったこと。ポスドク時代の最後の2年は非常勤講師を兼任したものの、キャリアのほとんどをポスドクとして過ごしてきた私のオフィシャルな教育経験の少なさは、それからメインで出すことになるであろう准教授の公募では分が悪いものでした。四つめは、アカデミアで就職できたとして満足に研究ができるのか、という疑念です。アカデミア末期、私の所属組織では、節電のため、昼休みに事務室の電灯が消され、夜間は学生の立入制限がかかり、さらに土日はエレベーターが止まるなど、環境が悪化の一途を辿っていました。加えて、教員にかかる負担も、傍から見て考えさせられるものがありました。特に担任制度のため、不登校になってしまった学生のアパートに教授や准教授が訪問しに行く姿を見て、「時代とはいえ、そこまでしなければならないのか」と悲しくなったことを覚えています(心のケアの専門家に依頼できる体制こそ必要ではと思うことしきりです)。そして最後の五つめは、公募で不採用となる理由が見えなかったことです。分野がドンピシャだったある公募で不採用になったとき、採用された競争相手と私の業績を比べて「?」となりました。もちろん研究業績以外の何かが評価されたわけですが、それが教育歴なのか、人格なのか、わからないことには手の打ちようがありません。結果、自身が一番大事だと考えて積み上げてきた研究業績に、運命を託すのは危険だと思うに至ってしまいました。常に無職を見越して2~3年先の蓄えを残してはいたものの、とうとうアカデミア以外の道を探すことにしたわけです。

まさかのトントン拍子

職探しのために頼ったのは、大学院生やポスドクの就職を扱う「アカリク」というエージェントでした。じきに39歳になる高齢ポスドクを雇う企業など存在するのかと、半ばダメ元で相談のメールを送ったところ、一度面談しましょうとのお返事をもらい、帰省のタイミングを利用して東京のオフィスに立ち寄りました。山形新幹線で東京に向かう私の心は疑心暗鬼そのもので、キャリアを活かせる職に心当たりもなく、下手すれば「ないですね」と死刑宣告される可能性すらあると、悪い想像をこれでもかと膨らませて面談に臨みました。

そんな私の心配をよそに担当者が提案してくれたのが、データサイエンティストという職業でした。「インターネット黎明期にネット関連の求人が急増したように、機械学習や統計の知識を備えた人材の需要が増えている。研究で統計を扱ってきたあなたに相応しいのでは」と、10枚近い求人票を手渡されたのです。思いもよらない職の登場と、その数に驚きました。「民間に職などないと決めつけず、専門家に相談することが大事」というのが、本稿で一番伝えたい教訓かもしれません。

求人票を手にしてもなお半信半疑の私をよそに、年明けからトントン拍子に話が進みます。履歴書と研究業績書を作成したあと、エージェント経由で気になる企業から順に応募していったところ、1月半ばには1社から面接のお誘いが届きました。2月にはその企業の2次面接のほか、新たに2社の面接を受けることになりました。そこからさらに追加の面接を経て、3月半ばにはその3社から内定をもらうことができました。公募に落ち続けた身からすれば驚きの打率です。

面接で主に聞かれたのは、志望動機や研究で使っているソフト・手法などでした。志望動機については、下手に取り繕うことはせず、「ネガティブに聞こえるかもしれませんが」と前置きしつつ、前項で書いた経緯をほぼ包み隠さず伝えました(もちろん「心機一転民間で頑張ろうと考えています」との心構えも伝えています!)。それから「研究とは違うがモチベーションを保てるか?」という質問もあり

内定をもらい大慌てで山形から引っ越した３月末。東京ではもう桜が咲いていたのを妙に覚えています。

ました。面接中は（高齢ポスドクにどんな厳しい質問が飛んでくるのだろうと）内心ドキドキでしたが、どの企業も私の話を真摯に聞いてくれました。無闇に恐れる必要はないと、あのころの私に伝えたいです。

内定をいただいた3社のうち、1次面接から社長面接まで、終始一貫して落ち着いた雰囲気で、自分に一番合っていそうだと感じた今の会社にお世話になることに決めました。アカリクさんにはその間、不採用の場合に備えて次の候補を提示してもらったり、遠方から東京に出向く私のために3社の面接が1日にまとまるよう交渉してもらったりと、最後まで大変お世話になりました。

今の業務

現在は、クライアント企業のデータを分析して課題解決のお手伝いをする、いわゆる受託分析を担当しています。ただ、入社から現在まではちょっとした寄り道がありました。というのは、受託分析を担当する予定で入社したのですが、直後に別部署から退職者が出た都合で、急遽、データサイエンティストの育成を支援する部署に異動することになったのです。データを分析できる人材の育成は多くの企業が抱える問題で、私は社内外で開催される講座の講師を務めたほか、講座で使用するテキストやプログラムコードの開発、eラーニングのスライドやテスト問題の作成、さらには先方の業務に合わせたカスタマイズ研修の企画、実施にも携わりました。これまで扱ってきた生物のデータとは勝手は違いましたが、R（統計ソフト）の操作や統計の知識はそのまま活かせましたし、スライド作りや講義などにもアカデミアでの経験がとても役に立ちました。現在は当初の部署に戻り、クライアント先に常駐しながら、データ分析を通じて先方の課題解決を支援しています。

名刺交換や電話の受け答えもままならず、世に言うビジネスマナーを知らないまま飛び込んだ民間企業は、それまでどっぷり浸かっていたアカデミアとは勝手の違うものでした。3ヶ月の試用期間で辞めることになったらどうしようと、おっかなびっくりで過ごしていましたが、上長をはじめとする周りのサポートにも恵まれ、少しずつ担当できる業務の幅を広げながら今日に至っています。

研究も楽しいけれど、今の暮らしも良いものです。

アカデミアを離れて見える世界

収入が大幅に増え、「1年先の将来すら闇の中」の状態から解放されたことで、暮らしの質は物質的にも精神的にも劇的に向上しました。先延ばしにしていた結婚もできましたし、ずっと飼いたかった猫を飼うこともできました。いつ収入が途切れても慌てることのないよう節約に努め、貧乏学生の延長のような生活をしていたあのころも、それはそれで楽しく過ごしていましたが、今を経験したあとであの生活に戻るかと問われれば少し考えます。

また、転職に踏み切った理由にも書きましたが、今の大学の窮状を見ると、任期なしの職でアカデミアに戻れる機会があっても二の足を踏みそうです。もちろん研究は大好きですが、わずかばかりの研究活動と引き換えにこなすべき雑務の量を想像すると、はたしてそれで楽しく過ごせるのかは疑問です。

そうは言っても、オフィスの窓から気持ちの良い青空が見える日は「野外で調査したい！」という衝動に駆られることも事実です。しかしその一方で「安定した今の暮らしを手放せない」と思うこともまた事実です。研究も大事でしたが、それ以外の時間も大事です。両立ってこんなにもままならないのかと思います。

おわりに

現在進行形で悩める方々に向けて、原稿の締めくくりにどんなメッセージを残せばよいのか、ずっと考えていました。「なんとかなりますよ」と言いたいところですが、人はそれを生存者バイアスと呼びそうです。私が路頭に迷わなかったのは、巡り合わせのよさもあることでしょう。それでも確かに言えるのは、アカデミア生活で磨かれた論理的思考や、論文執筆をはじめとする諸々の能力は、アカデミアを離れてもなお役に立つ汎用スキルだということです。ポスドクという立場でしかできない貴重な人生経験もたくさん積めましたし、いくつかの自信作を学術の世界に残すこともできました。

最終的に安定した職にも就けましたし、アカデミアで過ごした時間はひとつも無駄ではなかったと、私は思います。

以上が、ポスドクをこじらせた末に民間企業に軟着陸した私の体験談です。ほんの小さな一例ですが、大事な選択に迫られている誰かの、何かしらのヒントになることを願っています。

（2020年4月）

＊1　博士号を取った後に就く、任期付き研究員のこと。ポスト・ドクターの略。

【まきの・たかし】

1978年生まれ。東北大学で博士（生命科学）の学位を取得後、筑波大学（日本学術振興会特別研究員PD）、トロント大学（同海外特別研究員）、山形大学（研究支援者）を渡り歩いたのち、2017年に株式会社ブレインパッドに転職。専門は花と虫の関係を探る「送粉生態学」で、蜜を集めるハチの移動経路や、植物群集の花色構成を野外で調べるほか、屋内で人工花を使ったハチの行動実験なども行った（詳しくは個人サイトを参照：https://sites.google.com/site/mkntkst/）。共編著に『視覚の認知生態学――生物たちが見る世界』（文一総合出版）。趣味は散歩。

数学からデータ分析、純粋数学、そしてまたデータ分析へ

原田　慧
（株式会社ディー・エヌ・エー（DeNA））

私は名古屋大学大学院で数理学の博士号を取得したのち、データ分析専門のコンサルティング会社である株式会社金融エンジニアリング・グループ（FEG）に就職し、その後いまの所属先に転職しました。最初の就職からは、一貫してデータ分析の仕事をしています。

回り道を重ねて

京都大学の理学部に入った時点で、「数学ができる○○屋さん」になりたい、と思っていました。高校生のころから数学には自信がありましたが、自分よりできる人、それもかなりできる人がいるということもわかっていたので、そのまま数学一本でいってもかなわないなと感じていました。

そこで、数学のできる何屋さんになろうかと、生物学や物理学、地球物理学など、いろいろとぶらぶらしていましたが、実験が面倒で物理を諦めたり、アミノ酸が覚えられなくて分子生物を諦めたり……。最終的に地球物理学に落ち着きそうになったのが、大学4年くらいのころです。そこで私が勉

強していたのが、「データ同化」という分野でした。今でこそけっこう有名な分野ですが、当時はもっとマイナーだったのではないかと思います。統計とプログラミングと数学とが生きる分野で、「これなら僕、勝てるんじゃないか」と思いました。大学院も、その地球物理の研究室に行くつもりでした。

ただ、在籍していたのは数学科でした。学部の3年生に上がる時に「系登録」(各専攻への振り分け)というものがあって、地球物理に落ちたので、席の空いていた数学科にしぶしぶ所属して、地球物理の研究室にはお願いして潜り込んでいたのです。

数学科にいたので数学の卒業研究のようなものをしなければならないのですが、そこで数学の指導教員の先生に「ニューラルネットをやらないか」と誘われました。今でこそディープラーニングが旬ですが、当時はまだ2005年ころで、ニューラルネットは冬の時代でした。とはいえ、自分でちょっとプログラムを書いて動かしてみたらものすごく面白くて、おおこれもいいな、と。そこで真剣に悩んだ結果、大学院はその先生がいる情報学研究科に進むことにしました。

とはいえ、大学院でニューラルネットをやったかというとそうでもなく、いろいろあって、結局、純粋数学の研究をしていました。するとそのうち、無限次元解析という分野に興味を持つようになり、修士論文はそのテーマで書きました。研究室のメインのテーマとはだいぶ異なる分野になってしまい、さらにいろいろな縁もあって、博士課程は専門が非常に近い先生がいる名古屋大学に移ることにしました。

転機になった学振

博士課程の2年くらいまでは、就職する気はありませんでした。ここまで数学をやってきたからには、数学の専門家、研究者になろうと思っていたのです。

就職を考えたきっかけとしては、学振[*1]に落ちたのが大きいと思います。博士2年の時に挑戦した学振(DC2の2回目)に落ちて、「ちょっと厳しいな」と思い始めました。ちょうど何かの折に、大学の先生が、意欲的な学部生向けに話をする中で、「みんな学振目指して頑張ろうね」、そして続けて「学振通らないと研究者になれないからね」みたいなことをおっしゃったのです。横にその学生たちを指導しているTA(ティーチングアシスタント)の私がいるのに、何の悪気もなく。それに傷ついて……(笑)。まあ、たしかにそうだなと。そこで、しょうがなく、就職活動を始めました。2009年の冬のころです。

「博士に進んだのになんで就職するの?」

当初は、就職活動といっても何もわかりません。修士課程の時に就職活動をしたことがある友人らに聞きながらやりましたが、それがすでに間違った判断でした。普通にエントリーシートを書いたり、「リクナビ」や「マイナビ」に登録して、企業説明会に行ったりしていました。

結果として、就職活動には相当苦労しました。リーマンショックから、まだ回復していない時期です。当初志望していたアクチュアリーの採用は裏ではもう終わっていたり、そもそも博士を採用していない企業に応募したり。名古屋と東京の間を新幹線で何往復もして、そのうちお金の都合で新幹線にも乗っていられなくなり、夜行バスを使うようになりました。

書類選考はそれなりに通るし、その後の面接でも、応対してくれる現場の方が私と同年代くらいで、話すと面白がってくれたりして、けっこう通るのです。しかしその後、終盤の面接で、人事部長みたいな人が出てきたところで落とされる、ということが続いて、だいぶ落ち込みました。

「なぜ博士に進んだのですか？」ときかれるので、「修士まで研究して一定の手応えがあって、ここまで来たのだから、ちゃんと結果が残るところまでやろうと思いました」というふうに答えるのですが、すると「なぜ就職するのですか？」とくるわけです。なぜ研究者を続けないのかと。どこに行ってもそれを言われます。「食い扶持が欲しい」という本音をオブラートに包んで「学んだことを生かして世の中の役に立ちたい」とかそれっぽいことを言うのですが、するともう一回、じゃあ「なぜ博士に進んだのですか？」と。ごもっともと言えば、ごもっとも。これに対して、筋が通るような返答をするのはなかなか難しいものです。

結果として、最初に就職したFEGと、国家公務員試験以外は全部落ちました。

FEGにエントリーしたきっかけは、大学の掲示板に貼ってあった求人票です。そこに、初任給が書いてありました。たいていの会社は、学部卒いくら、修士・博士卒いくらと書いてあるのですが、そこでは、修士と博士を分けていたのです。それを見て、「あそこの会社は博士卒を採用する気があるんだな」と思い、調べてみると、データ分析関連の会社だとわかりました。データ分析なら、地球物理を勉強していたころにちょっとやっていたなと。そして実際に面接に行ってみたら、自分に合いそうな雰囲気でした。

ちなみに、そこでも例の「博士に進んだのになんで就職するの?」のループが来たのですが、本当に入社したいと思っていたので、よくは覚えていませんが「いやもう人生やってみなきゃわかんないんだし、いろいろ思い通りにならないこともあるからしょうがないでしょう」みたいな感じで開き直ったような気がします。そうしたら情熱が通じたのか、選考を通過しました。

入社、Kaggle、そして転職

ＦＥＧに就職した後は、比較的すんなり馴染むことができたように思います。データ分析専門のコンサル会社で、コンサルタントでもあるものの、仕事の大半はデータ分析なので、けっこう専門性が活きたのです。当初は、人との会話すらおぼつかない自分にコンサルタントなんてやれるのかと思ったのですが、意外にも、専門家として接している分には、どうにかなるものだとわかりました。お客様はそもそも興味があるから依頼しているわけですし、プロジェクトが成功して欲しいと本気で思っています。もっと言えば、お客様とのやりとりなんて、怖い教授とのやりとりに比べればヘッチャラなのです。

博士卒の社員の方も何名かいらっしゃる会社で、創業者の方も社会人博士をとられたような方でしたので、博士というものにすごく理解があり、専門性に対して、相応に敬意をもって接してくれる会社でした。先輩たちもよく面倒を見てくれました。大学の掲示板という偶然の出会いでしたが、最初の会社がここでとてもよかったと思います。

そして入社早々に、ＫＤＤカップに参加し、それがきっかけでKaggle(カグル)に参加しはじめました。ＫＤＤカップとは、ＫＤＤカンファレンスのイベントで、企業や研究者がデータ分析の課題を提示し、チームや個人の参加者が分析の精度を競うというデータ分析のコンペです。ＦＥＧでは毎年、新人研修の一環でＫＤＤカップをやらせていたのです。私が入社する数年前には、ＦＥＧのチームで世界2位になったこともありました。Kaggle はそういうコンペが日常的に行われている国際的なプラットフォームです。

２０１５年のＫＤＤカップでは、今度は私が中心になったチームで、世界2位になりました。それまでは世界トップで活躍する Kaggler（Kaggle のプレーヤー）を憧れの眼差しで見ていたのですが、そういう憧れの人たちと最終日までデッドヒートができたことで、「自分も技術者として、プレーヤーとしてやっていけるのではないか」と思うようになりました。

これと前後して、２０１３～14年ころからでしょうか、だんだん、「データサイエンティスト」が注目されるようになってきました。これには本当にびっくりしました。それまでは、「この仕事は地味だけどいい仕事だな」と思っていたのです。私みたいな人間がデータをネチネチ分析することが世の中の役に立つというのは、けっこう誇らしくもありました。それが、「21世紀でもっともセクシーな職業」みたいな言われ方をするようになってしまった。そんな中でのコンペでの活躍もあって、自分自身、インタビューなども受けるようになったのです。

転職したのも、コンペがきっかけでした。「DeNA がデータ分析コンペの強い人を集めている」と聞いて、ホンマかいなと思って冗談半分で面談に行ったら、今の上司である部長が出てきて、本気で集めようとしていることが伝わってきて、それは面白そうなチャレンジだなと思ったのです。自分のキャリアとしても、そろそろマネージャーという段階だったので、どうせなら変わり者チームのマネージャーがいいという思いもあり、転職することにしました。

DeNAでは、立場はマネージャーですが、やはりデータ分析の仕事をしています。いろいろな事業を展開しているので社内に面白い仕事があることに加えて、業務として一定の工数を割いてコンペへの参加を許可、推奨するという変わった仕組みがあります。コンペで磨かれたスキルが仕事の役にも立つし、コンペで勝って目立つと会社の評判がよくなったり、会社にいい人が入社してくれたり、といったメリットがあるのです。喩えるなら、プロ野球選手とまでは言えませんが、社会人野球の選手みたいな感じでしょうか。

別に何も終わらなかった

アカデミアを出たことで、就職に対する考え方は変わりました。アカデミアにいたころは、「就職は負けたやつがすることだ」という価値観に毒されていて、就職したら何かが終わると思っていたのです。でも、実際に就職してみたら、別に何も終わらなかった。もちろんアカデミア生活は終わるのですが、日々やることはあまり変わっていません。紙とペンで数式を書く代わりにコンピュータで計算をし、論文を書く代わりに報告書を書き、研究室でディスカッションする代わりに周りの社員と相談をし、学会に行く代わりにお客様に報告に行く。これらの違いよりもむしろ、お給料がもらえるという喜びの方が大きなものでした。さらに、研究はやっても後退することが多くて辛い思いもしますし、誰も褒めてくれませんが、仕事はやればやるほど周りが喜んでくれます。

振り返ってみると、これまで経験してきたどちらの職場も、自分のペースで働ける環境でした。スタイルは大学の研究室とあまり変わりません。特に前の職場は、大きいパーティションが机の上にあって、もう本当に大学院生室の感覚で仕事ができました。コンサル会社なので電話は鳴りますが、それぞれの仕事に集中できていました。

データ分析での学び、アカデミアでの学び

データ分析で使うような数学と、専門でやっていた数学を比べると、前者のほうが簡単なところはもちろんたくさんあります。前者で必要になる数学や統計は、大学の2年生くらいまでのレベルですから。ただその一方で、難しいところも多いのです。

数学の世界では、こう定義してこう定理を立ててこう証明して……と、全部筋が通っていて、理不尽なところは何一つないわけです。一方、世の中はそうではありません。データ分析で扱うようなデータは、主に人間の社会行動のデータです。そもそもランダムではないし、みんなそれぞれものを考えていて、いろんな事情があり、いろんなゆがみも入っているので、数学や統計の立場から見れば、データは汚いものです。動物の体のどこかの部位の長さならきれいな正規分布をするかもしれませんが、人間であれば、例えば年収であっても、汚い分布をするわけです。数学や統計のきれいな世界とは全然違う、実社会に触れているな、という実感があります。こうした人間くさいデータの面白さ、奥深さは、数学を勉強している中では学んでこなかったことです。

一方、アカデミアで数学を本格的にやっていたことは、今の仕事には、直接的にはほとんど生きて

いません。生きるとすれば、「難しそうな単語が出てきてもビビらない」、「いい加減な数学っぽい説明に騙されない」、あとは、たまにある数理最適化の仕事に適応できる、という程度でしょうか。

もっとも、間接的にはよく役に立っています。さすがに基礎的な力はついていますから、例えば専門外の分野の論文でも、読み方はなんとなくわかります。しかも論文が読めるだけではなく、周辺の論文も含めて深いレベルで読めたり、自分の仕事にどう活かすかも考えられたりするのは、博士ならではかもしれません。博士は「学ぶことを学んでいる」ので、異分野でも、意外とどうにかなるものだと思います。

博士課程の話で言えばもう一つ、名古屋では名誉教授の故・飛田武幸先生にお世話になっていたのですが、先生の「流行は追うな、パイオニアをフォローせよ」という教えはいまも生きています。これは、そもそもは数学の文献を読むうえでの話で、研究の最先端の論文をあさって最先端に行こうとするのではなく、その分野を作った人の論文を深く読みなさい、本ならば翻訳や改訂を経ていない、著者の母国語のものを、初版で読みなさい、と。その分野を作った人の記述の中に、ちらっとにじみでてくる何か深いものがある、とおっしゃっていました。

データ分析の世界でも、それはあてはまると思います。パイオニアの人が昔書いた本や論文を読むと、その人がいかに悩んで、その概念——たとえば「変数重要度」とか——を決めていったのかがわかってきます。今ある本を見ると、それが標準で当たり前のようになっていますが、やはり作った人の考えは深く、それを追いかけることが、物事を深く理解する上では重要なのだと。飛田先生がおっしゃっていたのは、そういうことだったのかなと思っています。

就職を考えている人へ

これから私のように、数理系の博士課程を終えて新卒で就職しようかなという人には、まず、いろんな人に相談することをお勧めします。最近は特に、博士卒の人の就職のサポートも充実していますし、博士卒の人を本気で採用する気がある会社も、けっこうたくさんあります。ただ、そういう会社はたいてい、社員が100人に満たないような小さい会社で、学生さんの目につきにくいのです。名の知れた大手の会社にも研究職の枠はありますが、そういった大手だけではなく、スペシャリスト集団みたいな会社もたくさんあるので、そういう情報が得られるところに、まず行くのがいいと思います。大学からは見えにくい情報ですから、この点は恥ずかしがらずに周りの人を頼るべきです。いろいろ訪ねてみると、自分に合う企業に出会えると思います。

なお、流行りに乗って、異分野からデータサイエンティストを目指すのは、2015年ごろまではお勧めできましたが、今は簡単ではないということを申し添えたいと思います。というのは、データサイエンティストのブームがきた2013年ごろに大学1年生だった人たちが、今ちょうど修士課程を終えて、大量に就職するころなのです。今、新卒でデータサイエンティストとして就職しようとしたら、大学1年生のころから「データサイエンティストとして活躍したい」と思って6年間を過ごしてきた人たちと同じ土俵で勝負しなければなりません。彼らはとても優秀です。トップの国際会議で発表しながら、何社ものインターンを渡り歩いて、就職する前から豊富な実務経験を積んでいるような人もいます。異分野から参入して彼らと同レベルになるのは簡単なことではありません。就職してから頑張ればどうにかなる部分ももちろんたくさんありますが、安易に流行を追うべきではなく、視野をうんと広く持って、ご自分が活躍できる場所を真剣に探して欲しいと思います。せっかく博士課程まで学んできたのですから、ご自分が学んできたことを、流行に流されて安易に捨てるようなことはしないで欲しいです。

なんにせよ、新卒での就職はきっと大変ですし、博士がマイナスになることもあると思います。周りの人に適切に助けを求めて、広い視野を持って、なんとか頑張ってください。とはいえ、転職が当たり前の時代ですから、一回どこかに就職して、しばらくやってしまえば、そこから先はもう博士がマイナスになることはないので、ご自分の努力次第でいかようにも道は開けると思います。

これからのこと

私自身は、たぶんこの先も、しばらくはデータ分析の仕事を続けるのだと思います。ただ、今は現場のマネージャーをやっていますが、より上の階層を目指すキャリアにはあまり興味がありません。今も心の中のどこかでは「大学」という場が好きで、ものを教えるのも好きです。データサイエンスを教える仕事を会社でしたり、たまに副業で、大学の非常勤講師として教えたりもしています。自分の中での定年をどこかに決めて、お金ではなく、やりがいを求めて大学の先生になるのもいいな……と思います。大学を離れて民間企業にいますが、広い意味ではアカデミアを離れていないのかもしれませんね。*2

（談、２０２０年７月）

＊1　日本学術振興会特別研究員のこと。採用されると、研究費および研究奨励金(給与)が支給される。DC1(採用年の4月1日現在、博士課程1年次相当)、DC2(採用年の4月1日現在、博士課程2年次以上の年次相当)といった区分がある。

＊2　本書の刊行後、2023年4月より電気通信大学の教員となり、結局、アカデミアに帰ってきてしまった。

【はらだ・けい】

1983年生まれ。京都大学理学部理学科を卒業後、同大学院情報学研究科修士課程を経て、名古屋大学大学院で数理学の博士号取得。学生時代の研究テーマは無限次元空間の解析。2011年4月から株式会社金融エンジニアリング・グループ(FEG)にて、データ分析とその活用のコンサルティングに従事。KDDカップ2015で2位入賞、2017年にKaggle Masterとなる。2018年、株式会社ディー・エヌ・エー入社、マネージャーとして多くのプロジェクトに関わりながら個性的なメンバーを率いた。2023年4月より電気通信大学教授。趣味は競技プログラミング。

外資系バイオテクノロジー企業の一風景

花岡秀樹
（イルミナ株式会社）

私はかつて、オートファジーという生命現象の研究をしていました。2002年に博士号を取得した後、2007年までポスドクを続けました。その後、外資系のバイオテクノロジー企業へと転職し、以降、転職を重ねながら、アプリケーションサポートから製品開発、マーケティングといった仕事をしてきました。

アカデミアを離れたのは、「最初に定職(?)のオファーが出てきたのが産業界だったから」です。当時の状況を振り返ってみます。

手をあげてくれるのはどなたでしょう?

私がポジション探しを始めたのは2006年の後半です。動機としては、下記の三つがありました。

①ポスドクは1回3年として、1、2回(3〜6年)やれば充分と思っていた
②(当時)転職35歳限界説があり、産業界へ転身するなら急ぐべきと思っていた

③子供が産まれ、より安定かつ高収入の仕事を望んでいた

まず①についてですが、ご存じのように、ポスドクは授業をもてないなど、やはり正規教員との間には経験できることに差があります。その点で、いつまでも同じ経験を繰り返すことには魅力を感じていませんでした。当時の所属先の研究室で、すでに在籍期間は2年を過ぎていて、次はもう単なるポスドクはしないと決めていました。

そして②についてですが、当時の転職市場では、「35歳以降は条件のいいオファーは激減する」といわれていました。当時の私が31歳。ポスドクを続けることが可能なだけに、どこかで自分から動き出さないと、このままずるずると35歳を迎えてしまうと感じていました。

③については、いつまでに何か決めなければ、ということはなかったのですが、あらゆる局面でいろいろと影響が出てくる要素ですね。

以上を踏まえて、アカデミアならば正規教員、ないしテニュアトラックなどに限定して応募していました。同時に転職エージェントに登録し、産業界で経験を生かせそうなところがあれば、応募していました。アカデミアに三つ、企業に四つほど応募を進めていく中で、2007年の3月にはアカデミア二つ、企業二つから落選通知をいただいていたかと思います。

アカデミアと産業界と両方に応募しているように、どちらかと決めていたわけではありません。ただ、「最初にオファーが来たところにお世話になろう」という原則だけを決めていました。求められるところで仕事をするのが、結局は自分と就職先、双方の幸せにつながるのではないか、と考えていたからです。そして私はこの原則通り、最初に声をかけてもらった、外資系バイオテクノロジー企業

の日本法人に就職しました。

振り返ってみると、このスタンスが功を奏したようにも感じます。ひとたび産業界に身を置くと、転職のハードルは一気にさがるからです。

就職した当初、私はフィールドアプリケーションという職務につきました。私の担当製品（当初は次世代DNAシーケンサ）に関して、技術営業のような形でお客様に紹介したり、販売後はお客様に使い方を説明するとともに実験計画の相談に乗ったりと、事業活動を技術的側面から支援する「よろずや」のような職務です。その後、事業の拡大に伴い、担当製品を広げるとともに、最終的に日本法人では部門長として、実験系およびデータ解析系、総勢20名ほどのチームを率いることになりました。

その後、7年の日本法人勤務を経て、私はアメリカ本社に移って仕事をすることになります。

（外資あるある）もう、本社の人たちは何を考えているんだ。私にやらせて。

私が働いているライフサイエンス業界では、外国（特にアメリカ）に研究・開発部門を有する本社があり、日本法人は製品の販売やサポートをする販社（販売会社）機能のみ、という会社が数多くあります。そうすると、日本法人の社員は下記のような悩みを抱えがちになります。

- 日本のお客様の要求基準は、品質においても対応においてもとても高い。が、アメリカ本社の対応がそれに見合わないため、日本子会社（社員）がギャップを埋めるため苦労する

・組織にせよ、開発予定にせよ、さまざまな物事がよく変わり、それに現場が振り回される

「外資系の日本法人というのは、東京に本社がある大企業の埼玉支店みたいなもんだ」という表現を聞いたことがありますが、言いえて妙だと思います(注：埼玉を否定的にとらえるものではありません)。自分たちの声が届きにくい、もっとこうしてくれたら、と感じる日々を通して、「本社で仕事をしてみたい」という気持ちが膨らんでいきました。文句を言うよりも、自分でやりたいという心境です。

さて、外資系企業において、人事は日本企業のように情に流されずフェアでしょうか？　そんなことはありません。外資系では一般に、人事部が人事権をもっているのではなく、各事業部すなわち上司が、昇進などの人事権を握っています。そのため結局のところ、どれだけ目立っているか、上とのコネがあるかが大きく影響するのです。

私の場合、入社2年目くらいから、「アメリカ本社に行きたい」という希望を公にして、歴代の上司にアピールするほか、出張のたびにその旨を発信していました。すると2014年初夏、以前に一緒に仕事をした本社の人間が、「今度自分のチームでポジションが空くから興味あるか？」と声をかけてくれたのです。もちろん、即答で「興味ある」です。

その後、同僚たちによる面接、ビザ取得、外資系の移住コーディネート会社への手配など、半年以上のすったもんだを経て(引っ越し荷物は船のコンテナ1箱分(大きい)と言われて目が点になりました)、2015年に移住しました。40歳、妻と子供2人を含む家族4人で、アメリカへの片道切符の移住です。

なお、外資系企業の日本法人に入った場合、サイエンス寄りの仕事であれば、アメリカなどの本社

勤務は狙いやすく、また狙うとよいと思います。いわゆる理工系の仕事は、日本国外の方が給与水準も高く、厚遇してもらえます。

会社って、オフィスに出勤するのが普通ではないの……⁉

こうして2015年3月から、私はサンフランシスコ郊外、いわゆるシリコンバレーに住んで、アメリカ本社勤務を始めました。自宅から会社まで車で30〜40分なのですが、近所の同僚たちと、会社が借りてくれたヴァンに乗り合いして通勤することが徐々に増えました。部署の違う同僚たちと他愛もない雑談をして通勤するのは、なかなか愉しいものでした。

本社での職務はプロダクトマネージャー職。担当製品について、上市するまでは開発プロジェクトを率い、上市後は売り上げ目標達成を担う仕事でした。最初に、開発したい製品・サービス、そしてそこから期待される売り上げを会社上層部にプレゼンし、プロジェクトへの人員を含むリソースの配置を承認してもらいます。その後、初期は研究開発部隊とともにプロトタイプ、要素技術開発を目指し、商品化の目処がついてくると、販売に近い部門とともに、発売時期や製品仕様の絞り込みに入ります。さらに、調達部門とともに、生産コストを考慮したうえで、数量等の計画立案も行います。これらは、日本企業等で実際の製品開発に従事していれば当たり前の業務なのですが、いわゆる販社にいたころの私には全く見えていなかったプロセスでした。

さて、具体的な職務とは別に、働き方に関しても、いろいろなカルチャーショックがありました。入社当初、衝撃だったのは、同じ部署の人が全員出社している日が予想外に少なかったことでしょうか。今でこそ日本でも在宅勤務が広がりましたが、アメリカ本社では当時から、ごく自然に在宅勤務が発生していました。「毎週水曜と金曜は在宅です」といった具合です。理由がない限りは出社するのが基本と思っていた私には、これはカルチャーショックでした。しかし、日本にいたころ、「何でそこここが情報交換していないんだろう」と不思議に思っていたことの謎が解けました。同じチームの同僚でも、時間を決めないと、会う機会が意外に少ないのです。日本で部署間が丁寧にすりあわせるやり方は、多くの人が1ヶ所に物理的に集う環境があってこそなのだと感じました。

本社の同僚、プロダクトマネージャーチームのピクニックランチ(2015年)。写真の8人のうち、今も同じ会社に残っているのは1人のみ。

そして、人の出入りの激しさ、また引継ぎの粗さにも驚きました。私の部署は10人ほどなのですが、2年でおよそ半分程度が入れ替わりました。何か問題があるのではなく(雰囲気も業績も良かったです)、単にそれが自然なのです。担当者が替わって開発予定がころころ変わったり、話が通じなくなったり。日本から「何で?」と感じていたことが、この環境では当たり前に発生せざるをえないのだなと納得しました。

引継ぎが粗いのも当然です。丁寧に引き継いでも、数年後にはまた他の人が担当している可能性が高いのですから、組織としても個々人としても、そこにコストをかけても効率が悪いという話になります。最低限のことだけを共有して、＋αは新しい担当が自分で話を聞いて把握していけよ、というのが自然に実施されていました。

レイオフ（解雇）も身近にありました。驚いたのは、「仕事ができるか」よりも、「担当製品が何か」といった要素が強く影響することです。その意味では、レイオフは単に運不運であるとも言えます。身近にあった例として、「解雇通告を出した後に、やはり必要だということになり、解雇通告の撤回、再雇用のオファーが出た」「解雇された人が3ヶ月後に他部署のより上の立場で戻ってきた」というのがあります。いい意味で、なんでもありなんだな、と感じました。

なお、仕事に就くにあたっては、雇用契約書に署名します。一般的な契約書には、次のように書いてあります。「この契約はお互いの自由意志に基づくものであり、いつでも、理由の有無にかかわらず、お互いに契約を解消できる」。当初、厳しいな、と思いましたが、一方で、「会社が嫌なら、さっさとやめる」という姿勢は、お互いにフェアともいえます。結果として、会社に批判的な人、つまらなそうな人が、日本と比較して少ないという印象もありました。

そして、金曜午後には早々に帰宅する。これも、自然な文化として存在していました。特にアメリカ西海岸には、地球上で最後に金曜午後がきます。西海岸の金曜午後に、アジアは土曜日、ヨーロッパは深夜、東海岸は退社済み。つまり、西海岸の人間としか仕事ができません。すると、西海岸で国をまたぐ仕事をしている場合、金曜午後はさっさと帰るのが合理的な行動となります。日本から見ていたときには「もっと働いてくれよ」と思っていましたが、それが自然な環境では、批判すべきことでもないなと考えが変わりました。私たちが子供のころ、親世代は土曜日も働いていたので、当時は土曜日に働かなければ批判されたかもしれません。が、今となっては土曜日に働かないことを批判的にみる人はいないでしょう。一つの価値基準で判断してはいけないのだなと感じました。

そしてまた日本へ

当初はアメリカに永住するつもりだったのですが、渡米後3年になろうとするころ、そのままアメリカに残って仕事をするか、日本に帰国するか、多少迷うようになってきました。ベイエリアは思ったより寒かった、生活コストが異常に高かった、永住権申請処理がなかなか進まなかった、など、理由はいろいろあります。

とはいえ、家族4人が日本とアメリカのあいだで拠点を移すには、数百万円の出費も含めてそれなりの騒ぎなので、簡単に決められるものではありません。退社した古巣内部での異動も含め、何か選択肢はあるものなのか、日系企業と外資系企業のそれぞれについて、得意なエージェントさんにお任せして見ていただきました。結果として、数社との面接を経て、最終的に今の会社に転職する形で帰国することになりました。

私が最初に民間就職した2007年と、今回の2018年の転職経験を比べると、10年間でずいぶん日本企業も中途採用に積極的になったなと、隔世の感を受けました。ライフサイエンス業界の日系大手は、かつてはほとんど新卒のみだった印象があるのですが、他業種からの参入が活発化していることもあるせいか、今回の転職ではいろいろなポジションのお話を聞かせていただく機会がありました。

アカデミアと産業界との垣根も、より低くなっているかと思います。これからは、両業界を行ったり来たりする人間も、どんどん増えていくのではないでしょうか。

アカデミアを出て、世界が開けた

さて、アカデミアでの経験は、企業でどのように活かせたでしょうか？

私の場合、最初に企業へ就職した当時は、ポスドクを経てから研究職以外の仕事をする人間が比較的少ない状況でした。お客様により近い視点で製品の活用法を提案できるという面で、アカデミアでの経験はとても役にたったと思います。さらにその後、職務や勤務先が変わっても、物事を客観的かつ論理的に判断して、結論を導こうとする姿勢は、あらゆる場面で助けになりました。そして、データや現場により近い人間の声を基に判断をする、資料を鵜呑みにしないといった、いい意味での独立した形での思考トレーニングも、企業活動において役立つものでした。

アカデミアを離れて産業界に出たことで、私の世界は広く開けました。その過程で芽生えた、「いつの日かアメリカ本社で仕事をしてみたい」という小さな希望も叶えましたし、日本に帰ろうかなと思ったときには、帰ることもできました。本当に運に恵まれて、幸せにやらせてもらっているなと感じます。もちろん、今でもサイエンスは好きなので、研究をしている人を羨ましく思うこともありますし、アメリカにまた戻りたいなと感じることもあります。しかし、その時々で迷うことはあっても、後悔はありません。

最後に私の恩師、大隅良典先生がくれた言葉を紹介します。

「人生にコントロール実験はないんだよ」

選ばなかった道の結果はわからないのですから、選んだ道が豊かになるように尽くしましょう。


（2020年8月）


【はなおか・ひでき】

1975年生まれ。東京大学工学部化学システム工学科を卒業後、総合研究大学院大学（愛知県岡崎市の基礎生物学研究所）にて学位取得。産業技術総合研究所、東京大学での博士研究員を経て2007年、アプライドバイオシステムズジャパンに転職。次世代DNAシーケンサの日本市場導入に関わった後、渡米してUS本社に勤務。2018年、現職への転職に伴い帰国。現在はイルミナ株式会社でシニアマーケティングマネージャーを務める。科学技術とスポーツと犬が好き。他に、2019年より株式会社 AutoPhagyGO 創業を支援。2021年より順天堂大学医学部遺伝カウンセラーコースに進学。

准教授からエンジニアへの転身

今出　完
(Lam Research Corporation)

「大阪大学准教授」と言えば、どのようなイメージを持たれるでしょうか。生涯安定？　好きな研究をやって、あとは教授への昇進を待つばかり？

私は、２０１８年2月に、それまで約20年(うち教員11年)過ごした大学を離れ、37歳で初めて外資系民間企業に転職しました。それなりのポジションでスカウトされたのだろうと思われるかもしれませんが、実は、コミュニケーションも満足にとれない、新たな分野の一エンジニアとして、自ら未知の世界に飛び出したのです。転職して2年半、アメリカに移住して約1年半経った今、改めて、なぜ私が准教授という大学のパーマネントポジションを捨てて、新しい世界に挑戦するに至ったのかを振り返ってみたいと思います。

人生を一変させた恩師との出会い

大阪大学に入学した当初は、まさか自分が准教授まで大学に残るとは想像もしていませんでした。

ただ就職がよさそうという理由のみで、入試では電気系の学科を選択し、将来は修士で卒業して電力会社で働きたい、と思っていたくらいです。

しかし、学部4年生の研究室配属にあたって、私は学科内の電力系研究室と材料系研究室のうち、前者を選択しませんでした。電力系の研究室は複数あり、電力会社に就職したい学生の多くはそうした研究室を選択するのですが、それらの研究室での研究内容は主に、パソコンで電力系統のシミュレーションを実施する、というようなものだったからです。一方の私は、「電力会社に就職したい」という想いに変わりはなかったのですが、大学を卒業するまでに一度は、大きな実験装置がズラッと並んだいわゆる〝実験系〟の研究室で、深夜まで(朝まで?)実験するような経験をしてみたかったのです。そんな、いわば好奇心だけで、私は材料系の研究室を選択しました。この選択が、その後の人生を大きく変えることになろうとは、想像もしていませんでした。

研究室で出会った助教授(今で言う准教授)の先生は、私がイメージしていた大学の助教授とは違い、まるで起業家だったのです。その方は、自身が研究してきた技術でベンチャーを設立していました。当然、私が与えられた研究テーマも、将来の実用化を期待されていたものでした。そして私自身、自分の研究を実用化することにやりがいを感じ始めました。

修士課程に進むと、この研究を完成させたい、そして私の手で実用化を成し遂げたいという気持ちはより強くなり、博士課程に進学することにしました(起業を目指した研究でなければ、私はその時に電力会社に就職していたかもしれません)。その後も実用化への想いは強くなる一方で、博士修了後も研究室に残り、ポスドク、助教を経て、気づけば准教授になっていました。

研究では、未来の省エネルギー世界を担う次世代半導体材料を扱っていましたが、基礎研究を突き詰めるだけではなく、国家プロジェクトの一部を担ったり、あるいは企業と組んだりして、チームとして社会実装を目指す、プロジェクト志向の研究開発をメインに手掛けていました。私はバレーボールをやっていたこともあり、チームスポーツが大好きで、チームで大きな目標に向かって進んでいく研究スタイルに魅力を感じていました。メンバーにも恵まれ、今考えても、いい環境で働くことができたと感謝しています。このまま大学に残り、実用化を目指し続けるのか、と思っていましたが、その後、転機は訪れました。

大学を離れる決断

ポジションが変わるたびに、自ら研究する立場から、学生やポスドク研究員を教育・指導する立場へと変化していきました。教育と一口にいっても、その内容は研究だけでなく、進路や働き方などといった人間教育、さらには心の教育にまで及びます。就活シーズンが訪れるたびに、研究室の学生と、就職先の企業で何がしたいのか、何ができるのか、没頭できる内容か……といったことを繰り返し話し合いましたが、安定を求めて企業名で就職先を決めてしまうケースが多く、もどかしさを感じていました。

博士課程への進学を勧めることも多々ありましたが、そのときにはいっそうの葛藤がありました。もし博士課程への進学を選択したら、それからずっと研究一筋で生き、大学に残って教授になるか、あるいはそれが叶わなければ、仕事がなくなる——そんな意見を持つ学生が大半だったのです。

ちょうどポスドク問題真っ盛りの時期だったので、理解できないわけではありませんでしたが、博士に進学した人間には、まるで「一か八か」のような幅の狭い選択肢しか残されていない、と思われていると知らされました。学生には、「博士課程に進むことで、必ずしも就職の選択肢が狭まるわけではなく、逆にそこで学んだことは、民間企業でも必ず役に立つ」と幾度となく話しましたが、「大学を出たこともない先生にはわからない」と言われ、大きなショックを受けたことを今でも覚えています。

しかしながら、当時の私には、それ以上の具体的なアドバイスができなかったのも事実です。この時私は、教育の難しさを痛感しながらも、教育が研究と同じくらいのやりがいに変わっていることに気づきました。本当に、学生たちの言う通りなのだろうか？　大学で長く研究してきて、民間企業で活躍することは不可能なのか。日に日に、その疑問は膨らんでいきました。

アカデミアを目指す学生に、多様な働き方の可能性があることを身をもって伝えること――それが、長く大学で過ごしてきた自分にこそできる最大の教育ではないか。私はやがて、そう考えるようになりました。これまで大学でやってきたことをもとに、民間企業で力試しをしたい。民間で活躍できることを証明したい。そして、大学にその経験を還元したい。そんな気持ちが、どんどん強くなっていきました。自分の研究が実用化されるところを見届けたいという心残りはありましたが、それは後進に託し、私は大学を離れることを決心しました。

アメリカへの挑戦

どうせ大学を離れるなら、基礎研究と正反対の生産現場で、かつ、日本ではなく、多様な国籍の研究者やエンジニアが集まる、アメリカの会社で勝負したいと考えました。

転職サイトに登録すると、多数の国内企業からのオファーが入りましたが、海外の企業からのオファーは皆無でした。そこで私は、アメリカに本社のある企業の日本法人を経由して、アメリカへの転職を目指すことにしました。

転職活動においては、企業を探すことと同時に、魅力ある人に出会えることもまた、楽しみの一つでした。研究室時代から上司には恵まれていましたが、尊敬できる人の元で自らを成長させたいという想いも強くあったのです。そして面接をする中で、ついに「この人だ」と思える人物に出会え、ラムリサーチの日本法人に転職しました。転職当初は渡米できる確約はありませんでしたが、アメリカへの長期出張の機会を与えてもらい、幸いにもアメリカのDirectorからスカウトされ、転職1年半後に、アメリカへの転籍が決まりました。

新しい環境にて

私の会社では、主に半導体チップの製造に必要な半導体製造設備の開発・販売を行っています。私の仕事は、自社の半導体製造設備を使って、半導体の新しい製造方法を開発することです。優れた製造方法を自社の設備で実証できれば、設備を購入してもらえる可能性が大幅に上がるだけに、非常に重要な役割を担っています。

一緒に仕事をしている仲間はほとんどが博士であり、最先端の生産技術の現場でバリバリと働いています。ここでは博士が仕事の選択肢を狭めるどころか、博士になって、ようやくエンジニアとしてスタートラインに立てる、という状況であることに、渡米して改めて驚きました。日本とは正反対です。また、国籍もさまざまで、中国、インドなどのアジア諸国やヨーロッパなど、世界各地から人材が集結しています。女性の管理職も多く、多様性に富んでいるところは、日本とは最も異なる点かと思います。「違い」を尊重する国ならではの環境でしょうか。

チームメンバーと。右から2番目が筆者、一番左が私を誘ってくれたDirector。アメリカだけでなく、スウェーデン、中国、インド、日本(私)と多国籍なチームです。

このような環境の中で、私の新しい挑戦がスタートしました。さぁやってやるぞ、と意気込んでいましたが、さっそく困難にぶち当たります。中途採用の場合、自身の持っている知識・経験に沿って転職先を選ぶことが多いのですが、私の場合、それまで大学で研究してきた専門分野とは異なる分野に挑戦したので、その分野の知識、経験が圧倒的に不足していたのです。知識のみでは、博士の新入社員にも及びません。一から勉強しながらも、即戦力として結果を出すためにどうすればよいか、すぐに答えは見つかりませんでした。

試行錯誤の末、それまで誰も手をつけていなかった解析上の問題に着目し、新しい解析手法を提案しました。当初は、上司から「時間の無駄だ」と言われましたが、根気強く続けた結果、その解析手法により、それまで知られていなかった新しい現象が明らかになり、自社の半導体製造設備の価値を高めることにつながりました。その手法を発展させるために、部門横断型のプロジェクトも立ち上がりました。「このことならあいつに聞け」と、ある意味居場所ができてきたように思います。その分野の知識・経験が不足しながらも、製品につながる着眼ができたのは、まさしく大学で、実用化を前提に研究してきた経験が生きた結果です(実は、この原稿を執筆している間に、私がメインで手掛けてきた製造法をお客さんが採用し、設備を購入いただけることが決まりました！)。

アメリカでの生活とワークフロムホーム

渡米後わずか半年で、COVID-19のためステイホームとなりました。住んでいる場所はBlack Lives Matter運動から派生した暴動の渦中で、さらにオレゴン州では過去最大といわれる山火事の被害もあり、外に出られない日も多くありました。しかし、ワークフロムホーム(在宅勤務)が元から普及していることもあり、仕事への影響はほとんどなく、順調に生活できています。

ワークフロムホームと同時に、当然子ども達の学校もオンライン授業になったので、妻と2人で3人の子どものオンライン授業をサポートしながら、仕事をしています。会社も、子どものオンライン授業の時間帯はミーティングを入れず、授業のサポートに入ることを、当然のことだと理解しています。子どもの誕生日などには「有給休暇をとりなさい」と促されるほどです。日本にいたころは、仕事と子育てに日々追われていたのが、今では、多くの時間を家族と楽しめるようになり、家族にとってもよい選択であったと確信しています。ワークフロムホームの今、仕事と家庭のどちらかを選択するのではなく、仕事と家庭双方がいい影響を与えあう生活スタイルを見つけられたと思います。

最後に

私のように長くアカデミックで過ごし、外に出た時に見える景色——それは、外に出ずに想像できる景色ではありませんでした。ただ、転職後2年半の経験で言えることは、アカデミックが長くても、民間企業でも必ず活躍できるチャンスがあるということです。

まだまだ私の挑戦は続きますが、今、アカデミアを目指そう、もしくは、アカデミアから離れてみよう、と思いつつ悩んでいる学生や研究者の方々に伝えたいメッセージは、自信をもってその道を進んでほしい、ということです。パターン化されたキャリアの固定観念から一歩踏み出せば、いつでも未来を切り開ける方法があるはずです。ぜひ、新たな可能性を信じて挑戦してください。私の経験が、そのような方々の参考になれば、これほど嬉しいことはありません。

（2020年11月）

【いまで・まもる】

1980年生。2007年、大阪大学大学院博士課程を修了。ポスドク、助教を経て2016年、大阪大学大学院准教授に着任。次世代半導体材料の実用化を目指して、多くの国家プロジェクト、民間企業との共同研究に従事。２０１８年2月、ラムリサーチジャパンに転職。約半年にわたる海外研修を経て、２０１９年7月、ラムリサーチのアメリカ本社に転籍。3児の父。趣味は、スポーツ、ハイキング、工作、園芸など多岐にわたる。

ライフサイエンスを社会に活かす

大隈貞嗣
（H.U.グループホールディングス株式会社、富士レビオ株式会社）

私は現在、H.U.グループホールディングス株式会社および富士レビオ株式会社に勤務しております。H.U.グループホールディングスはいわゆる持株会社で、医療に関わる複数のグループ企業の集合体といってよいでしょう。富士レビオはその中でも、臨床検査薬、検査機器事業の中心となるメーカーです。新型コロナウイルス関連で比較的頻繁にメディアでも目にする名前になりましたが、臨床検査事業というのは一般にはそれほどは知られてこなかったのではないでしょうか。社の歴史は古く、1950年創業、世界初の梅毒検査製品の開発など、医療の基礎を支えてきた国内企業です。

現在の職場には博士号取得者やポスドク経験者は珍しくなく、博士の就職という意味での壁は低くなりつつあると思います。一方で、博士として専門的な技能を求められると同時に、特に中途であれば企業人としてのスキルも必要とされる点には難しさがあるかもしれません。

理学部から医学部教員へ

私は理学部出身で、関西の生命科学系の大学院に進学し、線虫の代謝シグナル制御に関する研究で博士号取得後、ポスドクを2年ほどしたところで運よく地方大医学部の助教職に就職しました。その時点で企業へも就職活動をし、ベンチャー企業へのインターンにも参加していましたので、当初から意識としてはアカデミア一辺倒ではなかったといえます。同時期にあるベンチャー企業からも内定をいただいており興味もあったのですが、職務内容がかなり専門からずれていたので、その際には大学教員を選びました。

大きく言えばライフサイエンスとはいえ、医学部での仕事は、理学系ポスドクとはかなり違うものです。まず、研究モデルは線虫からマウスに変更しました。線虫は個体としての基本的な生命メカニズムを探求するには有用なモデルですが、免疫、血管、神経などヒトの具体的な生理に関する研究には向いていません。医学部での研究は、当然ながら医学的、医療的意義との関連を問われます。また、教育も重要な職務です。医師免許はないので臨床教育はできませんが、基礎医学についてはＯＪＴで身につけました。遺伝学や分子生物学の知識は基礎医学教育においても有用で、単なる暗記ではなく背景や歴史を踏まえた教材作成は学生にも好評でした。退職した後も、私の作成した教材は後任の先生に活用されていると伺っています。また、残念ながら製品化には結びつきませんでしたが、特許申請にも携わりました。

大学での業務は得るところが多いものでしたが、同時に限界もありました。まず大学院生の減少です。現在でも有名大学ではそれほど問題にならないのかもしれませんが、地方大学での大学院生の減少は顕著です。私の勤務先講座でも、最終的には社会人院生が1名となりました。本来、大学院生を労働力として当てにするべきではありませんが、技術員もいない状況でしたので、マンパワーの不足は研究業務においては痛手です。そのころ、少々大きな病気をして手術を受けたこともあり、ワンオペの体力にも陰りが生じます。

そんな中で、教授が定年前に退職することになりました。私のポストは再任可の任期制でしたが、慣例的には、教授が替わった場合はスタッフも入れ替わるという文化がありました。制度的には残ることは可能でしたが、研究テーマは変更となります。

そして産業界へ

いずれ変化が必要ならと、かねてより関心のあった企業にチャレンジすることにしました。42歳でしたので、転職としてはぎりぎりのところだったでしょう。

就職活動として行ったのは、まずは第二新卒用の転職サイトへの登録です。また、医療系に特化したエージェントを見つけたのは幸運でした。結局、最終面接までいった企業としては3社目で、現勤務先に内定をいただきました。

アカデミアから企業への転職に際してやっておけばよいと感じたのは、志望企業の分野に関連する英文レビューを読んでおくことと、SPI対策です。日本語の情報の多くは世界から一歩も二歩も遅れているため、英文レビューが読めるということはそれだけで大きな武器となります。自分のやってきた仕事についてはは今さら変えることはできませんし、その説明は研究者なら嫌というほどやってきたことです。問題は相手の仕事に関心を持ち、理解することです。また、大人として最低限の社会知識があることも示さねばなりません。

さて、現在の勤務先は、上述したようにH．U．グループホールディングスおよび富士レビオです。R&Dセクションの「研究開発企画課」という部署で仕事をしています。業務は多岐にわたり、文献調査、研究提案、契約締結、データ解析、当局への申請業務などなど。研究開発の入り口と出口に関わる仕事といったところでしょうか。入社して間もないにもかかわらず、複数の大きなプロジェクトに関わっていることには、「博士」としての期待や信頼は無関係ではないものと思いますし、これに応えることが「博士」への信頼を社会に醸成する一歩なのでしょう。本来の専門である代謝疾患に関わるプロジェクトのほか、がん疾患に関するもの、そして新型コロナウイルス感染症（COVID‐19）も大きな案件です。

COVID‐19という嵐

これは巡り合わせというほかないのですが、私が入社後1年弱というタイミングで、COVID‐19のパンデミックが起こりました。インフルエンザやSARSの検査薬開発の経験とノウハウを持つ富士レビオでは、異例のスピードでCOVID‐19検査薬の開発に突入します。私も中途とはいえ新人でありながら、嵐のような現場に参加しました。そして富士レビオのみならず、H．U．グループの総力を挙げた怒濤の仕事の結果、日本初のSARS-CoV-2簡易抗原検査キットや、世界初のSARS-CoV-2抗原定量検査キットの開発に成功しました。もちろん現在も新型コロナウイルス感染症は世界で猛威を振るっており、製品の改良、開発も継続しています。まだまだ嵐は過ぎ去ってはいないとはいえ、今振り返っても、貴重な経験をした実感があります。

この間、アカデミア出身の私としては「企業の強み」というものを明確に感じました。もちろん企業もさまざまなのだとは思いますが、日本のアカデミアが見習う必要があると感じたものとして二つの点が挙げられます。

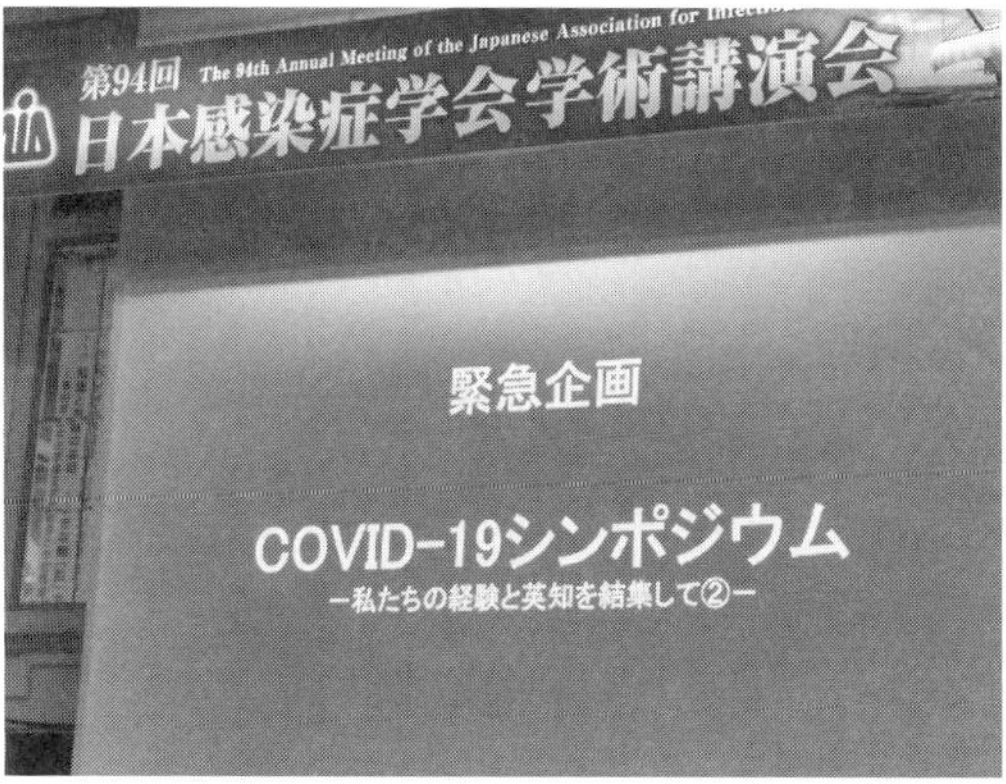

もちろん、学会参加も業務のひとつです。

まず、数十年間の経験やノウハウが着実に受け継がれており、状況に即応して引き出し、組み合わせ、応用できること。資源も情報も限られた中、富士レビオが今回の製品開発でスタートダッシュできたのは、これまでの膨大な人的・物的・知的蓄積を結集し活用したからこそです。一般論としていわゆる流動性は必要なものでしょうが、そのために過去の蓄積が損なわれてしまうようでは、本末転倒といえるでしょう。

また、仕事のあらゆる側面においてプロフェッショナルがおり、かつプロフェッショナルとして扱われること。研究開発はもちろんのこと、販売、調達、包材、広報、品質、法務、知財、財務、人事などなど、製品を世に出すにはあらゆる分野の仕事が必要不可欠であり、「雑

休日は高尾山に登ったり。メリハリが大事です。

用」という仕事は存在しません。もちろん企業内には役職による上下関係はありますが、業務内容によるヒエラルキーはなく、それぞれの仕事へのリスペクトを感じました。

企業という世界の文化

業務内容や扱う分野の範囲は、アカデミアにいたころよりもはるかに広くなりましたが、身体的、精神的にはむしろ楽になりました。というのも、わからなければ誰に、どこに聞けばよい、あるいはここで無理ならあちらに渡せばよい、なにをどこまでやればよい、という点が明確だからです。私は医学やライフサイエンスの論文やデータを読み解いたり、それらを基に論理や文章を組み立てたりすることが専門ですが、ビジネスに関してはまだまだ未熟ですし、外国語、法律、統計、ＩＴ技術など、それぞれに秀でたメンバーがいます。１人で抱え込まずにそういったチームで問題解決を図る企業文化が、私には向いていたということでしょう。

アカデミアから企業へ移る際によく言われる難点として、「好きな研究ができない」というものがあります。これはイエスであり、ノーでもあります。確かに、企業は組織で動きますから、個人の思いつきで勝手に社の資源を使うことはできません。ただし、企画提案は歓迎されており、アイデアが上に認められれば、使える資源や裁量は大きく、製品になれば研究者として論文も書けます（実際、私も共著論文を一報書いているところです）。もちろん、それがメリットをもたらす見込みを説明できなければなりませんが、これは結局のところ、アカデミアでも大きくは変わらないと見ることもできます。少なくとも、好きなことを好きなようにやってよい、という牧歌的な時代は過ぎ去ったという認識は、アカデミアでも共有されているのではないでしょうか。

博士、知の種を蒔く人

社会の中での企業とアカデミアの役割は違いますし、そこにきちんと線を引くことは必要です。しかしながら、COVID-19が明らかにしたように、世界における問題は複雑化、高度化しており、企業だけ、アカデミアだけで解決できるものではなくなっています。本来、大学院重点化は博士の多様な分野での活躍を想定したものと聞いていますが、残念ながら未だ十分に機能していないともいわれています。それぞれの役割をリスペクトしながら、社会や世界の問題解決に貢献していく、博士とはそういう知的な架け橋になるべき存在ではないか、と改めて感じています。

実際、社内、社外問わず、お互いに博士号を持っていることがわかると一気に話題が広がり、打ち解けることが多いです。「同じ釜の飯を食った」とまではいいませんが、博士号を取得する、また取得した後の苦労はどの分野でも通じるものがあり、またそこに挑んだ知的志向性には信頼を感じます。

ここに来て思うのは、やはりこういったことは文化と同じで、徐々に土壌が耕されてくるものであ る、ということです。その場しのぎの数合わせではなく、少しずつでも博士が社会の各所に進出していくことで、やっと芽が出てやがては森に……という流れをつくるような気持ちで、進んで行きたいと思います。

（2021年1月）

【おおくま・さだつぐ】
高知県生まれ。京都大学生命科学研究科博士課程修了。博士（生命科学）。三重大学医学系研究科助教を経て、2019年より富士レビオ株式会社に勤務、現在はH．U．グループホールディングス株式会社兼務。趣味は珈琲焙煎とジャムセッション。

まさかの報道記者になる

田辺幹夫
（ＮＨＫ）

私はいま、ＮＨＫで報道記者の仕事をしています。ここでの記者の仕事は、世の中で起きるさまざまな出来事を対象に取材し、アナウンサーがテレビやラジオで読む元になるニュース原稿を書いたり、報道番組を作ったり、時には自分がテレビに出て、自分の言葉で取材した内容を伝えたり、というものです。カメラマンやディレクターなど、たくさんの人と協力し、放送ギリギリまで時間に追われながら取材をすることもあります。

大学院で博士号をとった直後、ちょっと年齢の高い新卒として就職したときは、自分でも「理系の博士が、そんな仕事できるんかいな」とおそるおそるでしたが、いまのところ、何とか務まっています。大学に入ったころの、研究者になるのかな、とぼんやり思っていた自分が聞いても、信じてくれないかもしれませんが……。

昨今、さまざまな理系博士が世の中で活躍されているのを見聞きしますが、こうした報道の分野で（なんとか）働いている人間もいると、知っていただければ幸いです。

野次馬的な学生時代

もともと、理系少年でした。自分であれこれ考えて実験することや、「宇宙の仕組みってどうなっているんだろう」などと考えるのが好きで、理系の道を究めてみたいと思い、京都大学の理学部に入学しました。

大学はとても自由な雰囲気で、何を勉強するのも自分の興味関心しだい、という感じだったと記憶しています。大学近くに家賃2万円弱の部屋を借りて、そこで友人たちと酒も飲まずに語り明かしたり、1週間くらいこもって本を読んだり、ふらっと自転車で琵琶湖一周に行ったり、南米に旅行に行ったり。世の中のいろいろなものが見てみたくて、もっぱら「野次馬的な人間」として過ごしました。

大学院では、物理学を専門に選びました。運よく研究室に入ることができ、1周20メートルほどの実験装置「イオン蓄積リング」の建設と実験に携わることになりました。完成した装置の中にマグネシウムイオンを飛ばし、ぐるぐる回しながらレーザーを当てて冷却し、その様子を調べるというのが実験の最終目標です。実験本番への道のりは、泥臭い回り道の連続でした。装置のねじのサイズを決めたり、イオンを発生させる装置を固定する台を設計して発注したり、100分の何ミリの精度でできるか、みたいなことを工場の担当者と相談したり。教科書や論文には書いてないことを、先輩や先生方に教えてもらいながら進めていました。

世の中をもっと見てみたい

研究室に配属された当初から、博士号をとるまでやってみたいという思いがあり、当然のように博士課程まで進みました。実際、回り道をするプロセスも含めて、研究はとても面白かったのです。ただ、果たして自分が研究の世界で一生やっていけるのか……というと、ずっと迷いがありました。

そうこうしているうちに、あっという間に博士課程2年の冬になりました。研究者でいくか、そうでない道を選ぶのか。何日もうんうん悩んだ結果、「大学を出て就職しよう」という結論に至りました。元来、持ち合わせていた「野次馬的な性格」が抑えられなかったというのもあったと思います。世の中をもっと見てみたいという思いが、研究を続けたいという思いに勝りました。そして、またあれこれ考えた末に、自分の興味関心や問題意識を出発点にいろいろな現場に行けそうな、記者という仕事を目指すことにしました。

就職活動では、学部生の若い人々に混じって各社の説明会をまわり、自分の年齢で応募できる記者職のある会社を探しました。最終的に受けたのは、新聞社を数社とNHKです。メディア各社の年齢条件は比較的緩やかで、「新卒なら年齢問わずＯＫ」という会社もあり、学部の人たちと同じように、エントリーシートを書いて面接を受けました。「なぜ、博士まで進んで記者を?」と、どの段階でも聞かれましたが、「世の中で起きているいろいろなことを見てみたい。それをわかりやすく伝えたい。大学の専門性は役に立たないかもしれませんが、いろいろ試行錯誤した経験はたぶんどこかで役に立ちます」という宣伝方針で自分を売り込んだと記憶しています。

実験の合間を縫って受けた試験は、2次面接あたりまでは進めたものの、どこも通りませんでした。ちょっと焦りましたが、記者という仕事をするのに何が自分の強みになるのかをもう一度考え直し、同じ年にあった2回目の入社試験にトライしました。最終的に、研究発表で訪れていた札幌の居酒屋で、NHKの最終面接通過の電話を受けました。ほっとしたのと同時に、研究とはまた違う道を進むことになったんだなぁと、ちょっとしんみりしたのも覚えています。その後、研究のほうでも実験がうまくいって、論文を書いて博士号を取得でき、社会人としての一歩を踏み出すことになりました。

28歳の新米記者

28歳の新人がまず配属されたのは、福岡県の北九州市でした。まったく縁もゆかりもない土地です。新人記者の多くは事件・事故を担当しますが、私も例に漏れず事件担当になりました。

殺人事件にコンビニ強盗、工場の爆発火災……。あれ、つい数ヶ月前までは「イオン」とか「レーザー」に囲まれた世界にいなかったっけ……。まったく生まれ変わったような新しい環境に放り込まれて、最初は大いに戸惑いました。職場の先輩も(年齢は下でしたが)、ありがたいことに辛抱強く、仕事の仕方を教えてくれました。先輩の仕事ぶりをまねてみたり、法律や事件捜査の本を読みあさったり、ひたすらいろんな人と会ったり。正直、すぐに成果は出ませんでしたが、飽きずにあきらめずにできたのは、研究でもたくさんの回り道をしたのがよかったのかもしれません。なんとか仕事を覚えようと、もがく日々が続きました。

助けてと言えない

2009年、記者2年目のとき、強く印象に残る出来事がありました。39歳の男性が自宅で餓死する、という出来事です。その男性の机の上には「助けて」と書かれた手紙が、切手が貼られたまま、投函されずに残されていたというのです。当時、北九州市では、リーマンショック後の不況から、路上生活をする若者の姿も見られました。若い世代が、餓死してしまうまで声を上げられなかったのはなぜか。その疑問を出発点に、取材チームが結成され、私もそこに加わりました。

取材の中で、ある30代の男性に出会いました。炊き出しが行われていた公園にいたその男性は、見た目はどこにでもいる「普通の」青年なのですが、派遣切りにあい、公園で路上生活をしていました。男性とは何かの波長が合い、その公園に何度も通ってお互いの話をするうちに、男性がポツポツと、心情を話してくれました。見た目を「普通」に保とうと、公園のトイレでひげをそっていること。コインランドリーで洗濯もしていること。でもそこまで困っていても、親を頼ることはできないということ。自分が負けたことになるから、「助けてとは言えない」のだと。

もしかすると、餓死した男性もまた、同じような心境で、助けてとは言えなかったのかもしれない。そう感じながら、一連の取材をまとめた番組を放送すると、[*1]番組を見た同じ30代の人たちによる「実は私も、助けてと言えないんです」という声が、ネットを中心に広がりました。取材チームで声を上げた人を訪ねて話を聞き、番組の続編も放送しました。

「こうすれば解決できる」という答えをすぐに提示できるものでもなく、もどかしい思いも残りましたが、これらの番組を通じて、一定数の人々が抱えていた苦しい思いを伝えることができたかもしれません。取材する仕事の重みや意義を、強く実感する経験となりました。

現代の闇をのぞく

この時の取材で調査報道[*2]の奥深さに気づき、その後もいくつかの調査報道に取り組んできましたが、その中でもとりわけ印象に残っているのが、ネット広告についての取材です。この取材をはじめたころ、私はすでに東京に異動し、科学全般やＩＴについて取材を担当するようになっていました。

取材のきっかけは、２０１８年当時、大きな問題になっていた漫画の海賊版サイト「漫画村」でした。これは、さまざまな出版社から刊行されている漫画など計5万点以上が、スマホで誰にでも無料で読めてしまうサイトです。このサイトの運営者はいったい何者なのか。私はそれを追う取材班に加わり、サイトに残された情報などを手がかりに、大本のデータが保存されているサーバーを追跡しました。最終的にウクライナのサーバー会社までたどり着いたのですが、運営者が何者なのかはわからず、そこで取材はいったん行き詰まりました。

ならば、別のルートから探ろうということになり、海賊版サイトに表示されているネット広告に着目しました。広告主から支払われた広告費は、やがて掲載されているサイトの運営者側に流れていくはず。その流れを調べていくと、海賊版サイトの運営者に行き着くのではないか。本格的に調べてみようということになり、どんどん深い取材を進めることになりました。

ネット広告の取材など、周りの誰もやったことがなかったので、どこにもノウハウはありません。いろいろな取材手法を試みました。うまく結果に結びつかないこともたくさんありました。取材の基本は人に会って話を聞くことですが、海賊版サイトに広告を出している企業(広告主)から、その広告の配信を依頼された広告代理店をなんとか聞き出せても、その代理店がさらに別の代理店に仕事を投げていたり、なんとか孫請けの代理店にたどり着いても、そこで行き詰まってしまったり……。「だめだったら、別の方法でやってみるか」とめげずに、ネット上の情報を解析してリアルの世界との接点を探し、人に会って話を聞いてはまたネットの情報を解析する、という行ったり来たりの取材を続けました。

すると、海賊版サイトに仕掛けられていたカラクリが見つかりました。実は海賊版サイトには、そこに表示されている広告だけではなく、アクセスすると自動的に読み込まれるように設定された「隠しサイト」があり、大手企業の広告がそこに表示されるようになっていることがわかったのです。海賊版サイトには大量のアクセスがあります。アクセスされるたびに、この仕掛けで大手企業の広告も見えない場所に配信されるようになっており、これによって何者かが収入を得ようとしていたのです。大手企業側に取材して広告配信が止められると、最終的には海賊版サイト自体も突如、閉鎖状態になりました。ここまでの一連の取材を、番組にして放送しました。*3

この取材はさらに、海賊版サイト以外のネット広告の取材にも発展し、いろいろなことがわかりました。有名人が出演するテレビ番組の画像などを切り貼りして、あたかもその有名人がオススメしているかのようなウソの内容の広告が作られ、それがチェックをすり抜け、広告主も知らない形で配信されてしまっていたり、SNSを使ってさまざまな情報を発信する「インフルエンサー」の中には、フォロワーを金で購入して水増ししている人がいたり……。「こんなことまで！」と驚くことばかりでしたが、ウラ取り(事実確認)をきっちり行って、後続の番組で放送しました。放送したあと、業界を挙げた対策が進められたり、チェックを強化する動きができたりしました。取材はいまも続いてお

2014年の冬、ノーベル賞の取材で訪れたスウェーデン・ストックホルムにて。この年は青色LEDの発明で日本の研究者3人が受賞したためか、市内にはLEDで作られた大きなモニュメントが飾られていた。

り、「クローズアップ現代＋」中のシリーズ「ネット広告の闇」として、引き続き放送されています。

いずれの取材も、前例がないことについて、取材チームのアイデアとそれを「やってみよう」という精神でトライして、うまくいかなくてもまた別の道を探る、というプロセスの繰り返しです。実験にも似たところがあると思います。

目の前の現象をよく見て、事実を確かめるには、誰から証言を取ればいいのか、どういうデータを集めればいいのか、そのためにはどういう道順でたどっていけばいいのかを考える。論理的に組み立てられることもあれば、相手が人だと読めない部分も多く、運に助けられることもあります。ゴールを見定め計画を立てて取材を進めても、なかなかたどり着けないときは苦しいのですが、そこを乗り越えて、これまで誰も知らなかったことを明らかにできて、そこから世の中が少しずつ変わっていくのを体験できるのは、この仕事の面白いところだと思います。

右往左往しながらも

一方、科学・ITを担当する中で、理系の知識や経験が直接、役に立ったかな……と思えたこともあります。例えば、「重力波の検出に初成功」というニュースでは、空間をこんにゃくに喩え、「ここに重い玉を落として、ボヨンボヨンと振動が伝わる感じです」と説明してみました（うまい喩えかどうかはわかりませんが）。自分なりに表現を工夫して、限られた放送時間で、少しでもわかりやすく、興味を持ってもらえるように伝えることを心がけています。

その後、2019年夏からは大阪に異動し、科学や文化を中心にしつつも、幅広い分野の取材を担当する「遊軍」として取材を続けています。

記者は、一見「文系的」ですが、理系でもいろいろな形で力を発揮できる仕事だと感じています。自分の場合、過去に研究していたまさにその分野を取材することは、これまでほぼありませんでした。とはいえ、人工知能など、理系のバックグラウンドが理解に役立つテーマもありますし、調査報道ではデータ分析の知識が役立つこともありました。周りを見渡しても理系の博士は圧倒的少数派ですが、それゆえに、人とは違う引き出しが生きる場面も多いものです。

予想できない世の中の動きに日々右往左往し、振り回されることもありますが、自分の取材で未知の事実を掘り起こし、ニュースや番組を通じてそれを伝えるのは、いまは、なんとなく性に合っているように感じます。未知の世界に挑む基礎を教えてくれたアカデミアに感謝しつつ、これからも試行錯誤しながら、取材を続けていきたいと思います。

（2020年11月）

＊1　クローズアップ現代「〝助けて〟と言えない〜いま30代に何が〜」２００９年10月7日放送。
＊2　企業や自治体・省庁など、当局の発表をベースにした報道ではなく、取材者の疑問や問題意識を出発点に、人から話を聞いたりデータを調べたりして、自分たちで事実を掘り起こして報道すること。
＊3　クローズアップ現代＋「追跡！　脅威の〝海賊版〟漫画サイト」２０１８年4月18日放送。

【たなべ・みきお】

１９８０年生まれ。京都大学理学部卒業後、同大学院理学研究科で博士号取得。大学院での専門は加速器を使った物理実験。２００８年、記者としてＮＨＫに就職し、北九州放送局、科学文化部、ネットワーク報道部を経て現在、大阪拠点放送局。最先端の科学技術や、ネットをめぐる社会問題などを取材し、日々のニュースや番組に。これまでの担当に、「クローズアップ現代＋」の「ネット広告の闇」シリーズ（２０１８年〜）や、ＮＨＫスペシャル「あなたの家電が狙われている〜インターネットの新たな脅威〜」（２０１７年）など。

〈特別編〉

産と学、行ったり来たり――丸山宏さんに聞く

株式会社Preferred Networks（以下「ＰＦＮ」）フェローの丸山宏さんは、日本アイ・ビー・エム株式会社（以下「ＩＢＭ」）→キヤノン株式会社→統計数理研究所→ＰＦＮと、企業とアカデミアを行き来されたご経験の持ち主です。企業とアカデミアの違いや、多くの博士を擁して急成長を続けるＰＦＮについて伺いました。（聞き手＝編集部）

長き道のり、そしてベンチャーへ

東京工業大学（以下「東工大」）の修士課程を出てＩＢＭに入って、そこの基礎研――ＩＢＭ東京基礎研究所――に26年間いました。

入社してしばらくはずっと自然言語処理を研究していました。10年と少したったころ、国際会議での発表をきいた京都大学の長尾真先生が「うちで学位取らない？」とおっしゃってくださり、それまでの研究をまとめる形で博士号をいただきました。１９９５年のことです。

その後、1997年から2000年にかけて、東工大の客員助教授を兼務しました。アカデミアの経験はそれが最初です。研究室を持って、数人の学生さんを指導しました。週3日IBMに行って、週3日は東工大に行く、みたいな生活をしていて、それなりにアカデミアを経験したと思います。そのころからXML[*1]技術やインターネットセキュリティなどの研究に軸足を移し、IBM社内のコンサルティング部門への出向などを経て、2006年からは東京基礎研究所の所長になりました。

しかし、2008年にリーマンショックがあって、IBMのビジネスも急速に悪くなり、当然コストカットをしろと言われて、いわゆるリストラをしました。それが、けっこう辛かったわけです。僕も会社を辞めようと思った。

もう営利企業はいいやと思って、かつてフェローをやっていたJSTのCRDS(研究開発戦略センター)[*2]の所長さんに相談に行ったんです。その方は、当時はキヤノンの副社長でした。「君そんなこと言うんだったらうち来い」とおっしゃるので、キヤノンに行きました。ただ、そこには11ヶ月近くしかいませんでした。

キヤノンを辞めたとき、実はGoogleへ行く気満々だったんです。USのヴァイスプレジデントとのインタビューも終えて、これでいいかなと思って辞めたんですが、翌週に電話がかかってきて、やっぱりごめんなさいって言われて。半年ばかり無職でした。

しかしあるとき、統計数理研究所(以下「統数研」)から「来ないか」と声がかかりまして、2011年から5年間、そこで教授として勤務しました。

その間、2015年にPFNの岡野原(大輔氏、現代表取締役 最高執行責任者)から「うちに来ないか」と誘いを受けて、ただその時は統数研のほうでプロジェクトを持っていたので1年待ってもらって、2016年にPFNへ転職しました。まだ社員が30人程度のころです。

「来てね」と言われて

――アカデミアの教授ポストを捨てて、社員30人とかのベンチャーに行かれるという方はなかなかいらっしゃらないですよね。

だって岡野原が「来てね」って言うから(笑)。

以前、2012〜13年ころに、「コンピュータアーキテクチャの未来がどうなるか」という議論をNEDO[*3]の委員会でしていたことがあって、そのときに、何かの拍子で岡野原に話をききに行ったんです。

そうしたら岡野原が、「これからは、データセンターではなく、ネットワークの端っこのエッジの方にデータが集まる時代が来るんだ」って言うんです。僕は「そんなことあるのか」と、すごくびっくりした。でも、いろいろ議論をしていくうちに、確かにそうだよな、と思うようになって、彼と一緒に論文を書いたんです。たぶんそういうことを彼は覚えてくれていて、何か一緒にやりましょうと言ってくれたのだと思います。

PFNに入社してからは、会社全体の戦略を考えたり、運営にかかわったりもしましたが、それに加えて、いくつかのプロジェクトに入って研究開発もしました。強化学習でドローンを飛ばすとか、航空会社と組んで、飛行機がどのくらい揺れるか予測するとか。それから、気象研究所と竜巻の予測をするとか、スポーツのデータを集めている会社と一緒に、サッカーの分析をするシステムを作るとか、いろいろやりました。若い人たちにはとてもかないませんが、アイディアを出すところぐらいはできるので。

去年の11月からは、PFNから花王株式会社にエグゼクティブ・フェローとして出向して、多くの時間を花王に費やしています。外部の視点から何かアドバイスをするとかそういう仕事ではなくて、「全社を挙げて新しい事業領域を立ち上げる」という大きなプロジェクトに、ガッツリ入っています。僕はどちらかというと流され人生で。今回花王に行ったのも、花王の長谷部佳宏社長から「PFNから誰かDXやる人材出してください」という話があったので、「私行きましょうか」って手を挙げたという次第です。民間企業への出向は、PFNでもたぶん初めてだと思います。

アカデミアには悠久の時間があった

――企業とアカデミアの両方を経験されてきて、一番の違いはどこでしたか。

やっぱり時間の流れ、意思決定の速さですよね。アカデミアでは、悠久の時間の流れを感じます。何しろ、人事に1年かけるんですから(笑)。

企業でも、会社によりけりですが、一般的にアカデミアよりは速いでしょう。IBMはけっこう、意思決定が速い会社だったと思います。それがキヤノンに移って「こんなに遅いんだ」と思ったのですが、その後で統数研に行くと、もっと遅くて「ええーっ」と……。

PFNはベンチャーとあって、意思決定は非常に速いです。みんなで「こうじゃない？」とか話しているところで、西川(徹氏、現代表取締役 最高経営責任者)が1回「それやろう」って言ったら、すぐに決まりですから。もうめちゃくちゃ速いですね。特に僕が入ったころは、まだ小さな会社でしたから、それは速かったです。

それからアカデミアでは、なんかつまらないルールで縛られますよね。例えば購買のルールとか。例えばIBMだと、ルールがきちんと決まっている一方で、例外承認というのがあるわけです。ルールに合わないような状況が生じたときは例外申請を出して、上長が「このくらいなら、リスクは低いからいいよね」などと判断して承認する、とか。アカデミアではそうした融通が利きにくい。とくに統数研は、もともと文部省の研究所だったという経緯もあってか、基本的には国家公務員扱いで、けっこう厳しかったです。出勤簿に毎日ハンコを押すとか、こんなの何の意味があるんだっていうルールもあったり……。

でも、アカデミアはアカデミアで、すごくいいところもあります。

例えばアカデミアでは、自分の研究費の範囲内であれば、自由に学会に行けますよね。企業だと、学会に行くには承認

「アカデミアはやっぱり、悠久の時間の流れって感じがしますよね」。2021年3月22日、オンラインでのインタビューにて。

を取らないといけません。今いるPFNもそうですし、IBMだって、コストにはめちゃくちゃ厳しかったですから。学会は、地方でやるものには行かないで、都内でやるやつに行くように、とか、海外の学会なら、聞くだけというのは絶対ダメで、自分で論文を出して発表するのだったら行ってもいい、とか、それもトップカンファレンスでないと行っちゃいけないとか……。企業にはそうした不自由さがあると思います。

そして何よりアカデミアでは、何を研究するか、自分で決めていい。これはやっぱり、すごくありがたいことです。企業だと、会社が「これやれ」って言うプロジェクトをやらないといけません。もちろん、その与えられたプロジェクトの中で自分の力を発揮できるところはいくらでもあるわけですが、それにしても、全体像として何をやるかについては、自由にできるのとできないのとは大きな違いがあると思います。

とはいえ、これらはどちらも「あり」かなと思います。自由にできるところで力を発揮できる人と、問題がはっきりしているところで力を発揮できる人と、人によって違うと思うのです。僕自身は、あまり自由じゃなくてもかまわない、というタイプだと思います。

博士の力、PFNの場合

――PFNでは、博士号をお持ちの社員の方も多いのですか。

けっこういますよ。例えば秋葉拓哉さん。執行役員ですが、もともと情報研(国立情報学研究所)で助教をしていた人です。現役バリバリの研究者で、当時「さきがけ」[*4]を担当していましたが、より自分の技術で勝負できるところに行きたいということでPFNに来ています。入社にあたっては、いろいろと苦労があったという……(笑)。

僕より年上の平木敬先生(東京大学名誉教授)もアカデミアから来られています。研究開発が大好きな方で、シニアリサーチャーという肩書で、今もバリバリ技術的な仕事をされています。

もちろん、もっと若い人もたくさんいます。

(PFN広報) いま社員が300人くらいいて、Ph.D.保有者は人事でも正確に把握できていませんが、少なくとも60人はいるそうです。感覚的には、仕事をしていると「お前も(博士)か」って感じがするくらいの割合で存在しています(笑)。

——基礎科学方面の博士号取得者の方もおられるのですか。

います、います。物理出身の人が多いですが、化学やバイオの人もいます。

特に物理をやってきた人は、数学ができますから有利です。今の深層学習って数学の塊なので、僕なんかよりはるかに理解がスムーズです。

その他にも、機械工学出身の人、臨床医をしていた人もいます。今の時代、分野の境界もどんどんなくなってきていますし、複数の分野にまたがるスキルを持っていることはすごく大事ですよね。

博士の学位を持っているということは、自分のイニシアティブで研究を進めていく力があるということなので、最初からリーダーシップをとって、若い研究者をぐいぐい引っ張っていくことができます。もう本当に即戦力です。

論文を書く力もありますよね。論文を書くのには訓練が必要で、書いたことのない人にはなかなか書けないものです。

――PFNでは、論文を書くことが奨励されているのでしょうか。

そうです。PFNのような企業は特に、タレントが命。優秀な人を惹きつけるためには、優秀な人がトップカンファレンスで発表していることが、やっぱりすごく大事です。

――専門性を持って入社しても、企業ですと時流に応じて研究部門がなくなってしまったり、部門を異動になったりすることもありますよね。

PFNでも、研究領域はもうバンバン変わってますよ。どこのプロジェクトにお客様がついたから、そっちに人を動かさないといけない、というようなことは、会社ですから当然あります。

でも、領域を変われば、そのときにものすごく急峻な学習カーブをたどって吸収するわけですよね。ある意味、学びのチャンスなわけです。PFNのバリューでいうなら、Learn or Die。あまりこだわらずに、どんどん新たな領域で知識を身につけていけばいいんじゃないか、と僕は思います。

社会人博士のすすめ

ＰＦＮでは、仕事をしながら博士課程に通って、博士号を取っている社員も何人もいます。つい先日、東京大学で博士号（情報理工学）を取った大野健太さんは、ＰＦＮのバイオチームで仕事をしながら研究を行い、NeurIPS2020（ＡＩのトップカンファレンス）に主著論文が採択されるなど、顕著な業績が評価されて東京大学の研究科長賞も授与されました。

ＩＢＭの基礎研時代にもそういう人は多くて、そもそも会社で、博士号の取得は相当奨励されていました。僕自身、論文博士という形ですが、社会人をやりながら博士号をいただきました。研究所全体でみても博士号取得者は多いですし、そのかなりの割合が社会人博士だと思います。ＩＢＭでは、海外の研究者はみんなPh.D.を持っているのが当たり前です。東京基礎研究所でも、昔からの伝統で、「先輩方がみんなドクター取るから、自分も取らなきゃいけないかな」みたいな雰囲気はありました。逆にずっと取れないと、なんで取れないの？ みたいな。

修士課程からそのまま博士課程に進学するのに比べ、仕事で直面した問題をきっかけに社会人博士をめざすというのは、研究環境として非常にいいと思います。リアルな問題を解いていく過程で、いろいろと研究開発ができる。大学で、例えば他の先生に「これはいい問題だから」といって課題を与えられるのと、自分で考えて作るのとでは、だいぶ違う話です。「これは解かないといけない」というリアルな問題を対象にした研究開発の方が、迫力がある気がします。

研究者としてのトレーニングのされかたについては、企業の研究職と大学院の博士課程との間で、あまり違いはないと思います。自分の場合はずいぶん試行錯誤しましたが、それはIBMに入った当時、まだ研究所ができて間もなかったからです。例えばいまPFNに入れば、周りに優秀な研究者が山のようにいますので、どんな論文を読めばいいか、どういうふうに書けばいいのか、何でも相談できます。ほったらかしにされる研究室よりは、ずっといいと思います。

「二項対立」を越えるには

アカデミアと企業、それぞれに良し悪しあると思いますが、僕がいま一番問題だと思うのは、「アカデミア」と「それ以外」が二項対立になってしまっていて、両方の気持ちがわかる人があまりいないということです。

言いたいことは二つあって、一つは、アカデミアと民間とか、あるいは社会の別のところとの間の、人の行き来がもっと自由にならないといけない、ということです。

日本のアカデミアでは全体として、大学を辞めて企業に行った人は「都落ち」した人、みたいなイメージが、まだ残っている気がします。「たとえ特任(などの任期つき職)を渡り歩いても、民間には行きたくない」という人も、けっこういると思います。なぜなのか、僕にはよくわかりませんが、論文を定期的にたくさん出せるところから一度離れてしまうと、次にはアカデミアに戻れない、と思われているのかもしれません。でも、必ずしもそうではないんです。僕自身、行ったり来たりするパスをたどってきました。やろうと思えばできるんじゃないかって気がしますね。

二つめとして、最近、アカデミアの人たちの中で「アクティビスト（活動家）」と言われる人が増えているように思います。もちろん学問もやるんだけども、研究をしながら同時に実社会の問題を解いていく。例えば福島の復興がどのように進んでいるかについて、自分で行って調査して、必要ならば自分も専門的な立場から復興に協力する、とか。そのように、学問と社会活動をハイブリッドに行う人がもっと増えていいと思います。

――ありがとうございました。

（2021年4月）

＊1　Extensible Markup Language（拡張可能なマークアップ言語）。現在も広く利用されているマークアップ言語のひとつ。

＊2　Center for Research and Development Strategy. JST（国立研究開発法人 科学技術振興機構）に設置された、国の研究開発について提言を行うシンクタンク。

＊3　国立研究開発法人 新エネルギー・産業技術総合開発機構（New Energy and Industrial Technology Development Organization）

＊4　国の科学技術政策や社会的・経済的ニーズを踏まえ、国（文部科学省）が定めた戦略目標の達成に向けた研究を推進するプログラム。領域ごとに個人研究者が公募され、採択されれば3000万～4000万円の研究費が支給される。

【まるやま・ひろし】

1958年生まれ。1983年、東京工業大学大学院理工学研究科修士課程修了。同年、日本アイ・ビー・エム株式会社入社。人工知能、自然言語処理、機械翻訳などの研究に従事。1995年京都大学より博士(工学)授与。日本アイ・ビー・エム株式会社東京基礎研究所所長、キヤノン株式会社、統計数理研究所教授をへて、2016年より株式会社Preferred Networks、2018年4月よりPFNフェロー。現在は花王株式会社のエグゼクティブ・フェローおよび東京大学特任教授も兼務。著書に『新 企業の研究者をめざす皆さんへ』(近代科学社)。

2 組織にとらわれずに生きる

翻訳、教育、時に研究——アカデミアを(半歩)離れてみたら

坪子理美
(フリーランス翻訳者)

未知の世界に心惹かれて

物心ついたときから、いつも活字に引きつけられていた。手に届くところにある本は片っぱしから読み、毎朝、大人の新聞を開いては、読み方もわからない言葉の意味を紙面から吸い上げようとした。

幼いころには眩しい夢を、鬱屈とした思春期にはかすかな希望の光を、たくさんの本の中に見た。いま生きているのとは別の世界を、自分でも作り出したかった。4歳にもならないころ、親戚の書店からもらった分厚い束見本《つかみほん》(中が白紙の書籍見本)に絵や文字を書き始めたのが、私の初めての「著書」だった。

一方、自然科学、とりわけ生物学は、自分にとって最も縁遠いものの一つだった。野山と川に囲まれて育つ中で、そこに生きる命はあまりに当たり前に感じられた。

それが一転したのは、高校に入学し、生物の授業を受けるようになってからだ。授業のペースはか

なり速く、出てくる用語や式も多かった。だが、元研究者だという先生が楽しげに語る話からは、進化のプロセスや体内での化学反応など、生物の多様な姿の背後にある未知の世界が見えてきた。「当たり前」のものの陰には、それを支えるしくみが隠れている。そう認識したことで、学問としての生物学への関心がにわかに生まれてきた。

学生時代の机の上。一番右が、子供時代に書き始めた「著書」。

慎重に研究の道へ

高校生活の後半に入ると、進路について聞かれることが増えた。生物学への興味は深まっていたが、私は慎重だった。つい最近好きになったばかりのものと、これから長年の付き合いを結べるのかどうか。そんな中、細かい専門分野を決めずに受験できる大学もあると知り、前に進みながら考えるという選択肢をとれたのは幸いだった。大学の教養課程で学び、学部説明会や研究所見学を経て基礎生物学分野の進路を選んだ後も、ことあるごとに「まだ生物の研究をしたいか」と自分に問いかけた。「したい」という答えが浮かべば、次の日もまた研究に向かう。

そして、大学院に進学して2年目、ついに答えが

「わからない」に変わるときがきた。高校のクラス会の席でのことだった。その晩のうちに、私は大学院を休学することを決めていた。

当時、研究室で過ごしていた時間は1日8時間ほど。遅くまで研究室に残るタイプではなかったが、人や環境に恵まれてトレーニングを重ねる中で、力がついた実感はあった。だが、クラス会で再会した旧友たちと話すうちに、前から好きだった文章のことにはほとんど時間を使ってこなかったと気づいた。研究のように、こちらにも集中して取り組んだらどうなるだろうか。先に社会人になった同級生の、「これまでまっすぐ進んできたんだから、少し寄り道してもいいんじゃない」という声も後押しになった。

休学中は、アルバイトをしながらエッセイや小説を書く練習をした。高校の友人には拙い文を読んでもらい、会社員をしながら文学誌への投稿を続けていた別の友人からは、直接、間接に技術を学んだ。半年後、研究室に戻ったときには成長の手応えがあった。ただし、それはほぼゼロからの進歩であって、売り物になるレベルからは程遠かった。

翻訳(者)との出会い、そして渡米

では、学位をとった後はどう生きていくのか?

休学を経て、自分は100パーセントの研究者ではないとも感じ始めていた。アカデミアの研究者でなければ、企業に就職するのか、官庁で働くのか。研究の合間を縫ってインターンシップに参加してみると、自分には組織に入り込む生活が向かないことに気づいた。たとえ素晴らしい組織でも、その理念や制度に違和感を抱くと、途端に息苦しくなってしまう。

翻訳という仕事に出会ったのは偶然だった。大学院の制度を通じて、海外の製薬会社が主催する研修プログラムに参加した帰りのこと。飛行機でフランス語のアナウンスが理解できずに困っていると、ポケットの多いベストに半ズボンという、探検家のようないでたちの人物に助けられた。お礼を言うと、相手はいきなり「最近、遺伝子のことに興味があるんですよ」と言う。この謎の人物としばらく遺伝の話をしたが、あまりに話が盛り上がるので不思議に思われたらしい。自分は学生で、行動遺伝学の研究をしているのだと伝えた。

「卒業したらどうするの?」

「本当は、本のことに興味があるんですけど」

するとその人物は「出版はね……大変だよ」と訳知り顔で言う。よくよく話を聞くと、彼は自営業のかたわら、何冊も翻訳書を出している仏日翻訳者なのだった。語学学校でフランス語を一から学び、これまで経済や社会学の本を手がけてきたが、最近、遺伝学に関わる本を訳すことになった。フランス政府の支援を受けて原著者の元で勉強してきたものの、わからないことも多いという。

「経験豊富なプロにもできないことがある」

これは大きな発見だった。そして、翻訳の仕事にも面白さを感じた。本に関われること。研究経験を生かせる可能性があること。自分にはフランス語はできないが、英語ならある程度学んできた。

翌年、米国から大学に講演に来たある研究者から、「ジャーナリストと組んで一般向けの本を出した」という話を聞いた。読んでみると面白い。自分にも翻訳できるのでは? いま思うと無謀な考え

これまで翻訳などに関わった本。

だが、例の翻訳者(林昌宏氏という)に相談すると、出版社に話をつないでくれた。編集者の方にも丁寧に向き合っていただいた結果、初めての翻訳企画が動き始めた。

博士課程の最後の1年は、いま振り返ってもめまぐるしいものだった。研究をしながら翻訳を行い、その間、ふとしたきっかけでポスドク研究者と親しくなって結婚することに。海外での研究に挑戦しようとしていたその相手とは、話し合いの結果、ともに渡米することになった。だが、その準備中に私は急病で入院し、手術後のベッドの上で博士論文の執筆と翻訳を進めた。結婚式、学位授与式、米国への引っ越しを10日間で終え、カリフォルニア州サンディエゴでの生活が始まったのは2015年春のこと。初めて自分で訳した本は、同年12月に刊行された。

翻訳——著者と読者、両方の視点から

博士号を取得してから5年が経った。これまで、翻訳会社を通じた翻訳・校正や、日本語補習校(海外に暮らす児童・生徒を対象に、週末に日本のカリキュラムで授業を行う)の教員などの仕事を並行して行いながら、自分で選んだ本を翻訳出版につなげてきた。

主な収入源となる翻訳会社経由の仕事は、渡米直後にオンラインでテストを受けて始めたものだ。名前の出ない裏方として科学ニュース記事などを翻訳し、3年目からは他の方の訳文を手直しするようにもなった。日本語補習校での指導も含め、多様な内容・文体の文章に触れることが、実地での良い訓練になった。

一方、書籍の翻訳は、本探しから出版社への企画提案、翻訳までを自分で行う。これは、先述の林氏譲りの少々変則的なスタイルである（それを知ったのは、翻訳を始めて何年か経ってからだった）。選ぶのは、科学を基盤に置いた一般向けの本、そして、自分自身がぜひ日本の読者に届けたいと思った本だ。出版カタログを見たり、学会の出版社ブースで編集者の方と話したりと、いくつかの経路で目星をつける。続いて、本の特性や読者層を考えながら、日本の出版社の編集者の方に本を紹介する。この間、原書の出版社や、翻訳出版権の管理事務所を通じて、すでに他社で話が進んでいないことを確認しなければならない。日本の出版社で企画が承認され、日米の出版社間で契約が結ばれて初めて、選んだ本を訳すことができる。

本を翻訳する上では、著者と読者、両方の視点に立つことを心がけてきた。

博士号を持っていることで、原著者たちには「内容をきちんと理解した上で訳してくれる」という信頼感を持ってもらえているようだ。彼らには日本の読者に向けた序文を書いてもらうなど、本づくりにも協力してもらっている。

一方、読者の視点から考えるのは、何より、本のハードルを下げることだ。専門用語や文化の障壁を、訳注や解説によって減らす。言葉の選び方や順序を工夫することで、文章を少しでもわかりやすくする。こうした仕事を重ね、出版社からは、他の方が訳した本の校正依頼もいくつかいただくようになった。

ただ、頭の中に知識があっても、それを他の誰かに伝えることは簡単ではなく、歯がゆい思いをすることもある。科学研究に取り組んできたことはもちろん、本を読みふけり、手探りで文章を書いてきた経験も力に変えていきたい。

研究――雇われないことによる自由と責任

翻訳の仕事が本格化する前には、研究関連の仕事をする可能性も少し探っていた。

渡米前後に公募情報を調べてわかったのは、米国では研究資金の「選択と集中」が日本以上に進み、特定の分野（例えば、がん、糖尿病、認知症など、米国人に多い疾患の研究に関わるもの）以外では予算も職も限られているという現実だった。話を聞きに行った研究室では魅力的な材料にも出会ったが、やはりスタッフの募集はしていない。ただ、自前でフェローシップをとってくるか、共同研究という形でなら何かできそうだという。

そこで、インターネットや知人を介して情報を集めてみると、日本の民間助成制度の中に、研究機関に属していないなど、通常の支援を得にくい立場の研究者でも応募できるものがいくつか見つかった。数十万～100万円ほどの助成金を、物品購入費、学会参加費、論文掲載料などに充てることができる。ただし、給与は出ない。

少し悩んだが、研究はもともと個人的な関心から始めたことだ。パートナーの理解もあり、仕事ではなく、真面目な趣味として取り組むことに決めた。2015年には住友財団、2018年には水産無脊椎動物研究所（いずれも日本の公益財団法人）から助成をいただき、4年間にわたって現地の研究者との共同研究を行った。仕事と研究の時間配分はおよそ7：3といったところ。週に2、3回、数時間ずつ、研究室に滞在して実験や解析を行う。実験サンプルや設備を使う都合から、先方の研究室には無給の研究補助員（volunteer）という肩書きで籍を置かせてもらった。研究機関に所属したことにより、文献や研究会へのアクセス、責任著者としての論文投稿（無所属での論文投稿を受け付けていない学術誌も多い）などの恩恵を得ることもできた。

カリフォルニア大学サンディエゴ校付属スクリップス海洋研究所から。実験の帰り道、いつも違った表情を見せる海に励まされた。

雇われていないことによる研究の自由は何物にも代えがたい。限られた時間の中、筆頭・責任著者として2本の論文を発表することができた一因には、先入観にとらわれずに対象に向き合えたこともある。

もっとも、主流派でないからこそできる発見もあるとはいえ、それを共有するためには、主流派と同じ土俵に立つ必要がある。幸い、アカデミア研究者との共同研究という形をとったことで、ディスカッションや論文執筆の相談には快く応じてもらっている。今後も成果を発表する上では、専門家と議論し、学術誌での査読を経るなど、質を担保するための過程を踏んでいきたい。

「何になりたいか」ではなく「どうありたいか」

子供のころから、「将来の夢」を聞かれると困っていた。何か具体的な職業を挙げなければならないような気がしたからだ。私の考えを一番よく表しているのは、小学校の卒業文集に書いたこの「夢」かもしれない。

「主役と裏方の中間のような仕事につきたい」

頭の中心にずっとあったのは、「何になりたいか」よりも「どうありたいか」だ。いま振り返れば、アカデミアの研究者になるのか、企業や官庁に就職するのかと問われていたときも、悩みの元はそこにあったのだろう。

「どうありたいか」を中心に考える姿勢は、仕事に就く上では少々厄介だ。組織の中で理想を実現できれば幸運だが、自分の場合はあいにくそれも難しかった。

試行錯誤を重ねる中でいま実感しているのが、物事を組み合わせることの力だ。ある分野だけでは実現できないことを、別の分野でも追求する。自分一人では叶わないことを、人や組織とのゆるやかなつながりを通じて形にしていく。翻訳者としての自分の強みも、経験や働き方の複合性にあるのではないかと思う。「届けたい本を訳す」というスタイルがとれるのは、他に生活の支え、心の支えがあるからこそだ。関心や活動を分散させることで、かえって個々の対象に真摯に向き合える場合もある。自分とは違い、ポスドクとして研究一本で進むパートナーとの暮らしも、良き着想源であり、支えになっている。
複数の仕事や活動のバランスをとることは確かに（かなり）難しいが、私個人の実感としては、生き方を一つの枠に収めつづけることのほうがもっと難しい。手探りで社会に出てから5年、収入やキャリアの安定にはまだ遠いが、心の安定感は驚くほど大きかった。今後はその安定の上に、さらなる技術と独自性、そして、経済的な安定も築いていきたい。

（2020年6月）

【つぼこ・さとみ】
1986年生まれ。東京大学大学院理学系研究科にてメダカを用いた行動遺伝学研究を行い、博士号を取得。東京大学ライフイノベーション・リーディング大学院修了。翻訳業の傍ら、2015年から2020年まで米国カリフォルニア州サンディエゴにてシオダマリミジンコ属の生殖行動を研究。本稿執筆後の2020年夏に帰国し、引き続き翻訳業に取り組むとともに、東京バイオテクノロジー専門学校非常勤講師などを兼任。訳書に『悪魔の細菌――超多剤耐性菌から夫を救った科学者の戦い』（ステファニー・ストラスディー、トーマス・パターソン著、中央公論新社）、『なぜ科学はストーリーを必要としているのか』（ランディ・オルソン著、慶應義塾大学出版会）など。夫の石井健一との共著書に『遺伝子命名物語』（中公新書ラクレ）。

そこには壁もないし境界もない

山根承子
（株式会社パパラカ研究所）

「アカデミアを離れたつもりはないので、連載のタイトルにいきなりそむく形になりますが、それでも大丈夫でしょうか」

本稿のご依頼をいただいたとき、真っ先にそう聞いてしまいました。大学を離れ、起業している私の現在は「アカデミアを離れた」ように見えているかもしれませんが、自分の感覚としては全く離れたつもりはなく、むしろ研究時間が増えたので「アカデミアに戻った」感すらあります。

私は大学教員として7年間働いたあと、1年間フリーランスで研究者をして、そのまま起業しました。専門は行動経済学という、経済学と心理学の境界領域です。ある先生に「大学辞めます」と報告したとき、「いいですね。山根さんってそもそも心理学から経済学に来た人ですもんね。いつもそんな感じでフットワーク軽いですよね」と言われ、「……ホンマや!!」と叫んでしまいました。分野を越えてきたことを、自分ではすっかり忘れていたのです。

心理学から経済学に

学部で心理学を学んでいるうちに経済心理学という分野を知り、興味を持ちました。少し本を読んで、その分野は経済学では行動経済学と呼ばれているらしいことも知りました。「この分野で研究したい！」と思って心理学の大学院を受験するつもりになっていたのですが、境界領域を研究するのに片方の分野しか知らなくていいのだろうかと思うようになりました。実際に両方を知る人材はほとんどおらず、学部生の私から見ても、もっと交流すればいいのに、と思ってしまう状態でした。お互いがお互いのことをよく知らないのに思い込みで批判しているように見えるところもあり、もったいないと思っていました。

とりあえず私は両方やろうと思いました。心理学で博士号を取ってから経済学をやるのもありかな？と一瞬思ったのですが、「新しい世界に行くのは適応力のある若いうちのほうがいいだろう」と思い、修士から経済学に行くことにしました。この時点（学部3年生の3月）での経済学の知識は0だったので、突貫工事のように経済学を勉強し、夏の院試を受けました。

入学してみると、心理学とはいろいろと作法が異なっていて戸惑いました。物の見方が全く違っているのです。「面白い」と思うポイントが違うということかもしれません。でも大げさではなく「見るもの全てが新しい」ような状態だったので、毎日が刺激的でした。このときの戸惑いの経験によって、分野が違う人に説明するのは上手くなったのではないかなと思います。「外から見た経済学」を知っているということは、私の一つの武器だと思っています。

大学教員として見えていたもの

博士課程の3年目に、運よく就職が決まりました。これは本当に運だったと思います。近畿大学経済学部が経済心理学コースをつくるという構想があって、その担当教員として呼ばれました。着任後は経済心理学コースの立ち上げに関わり、できあがったコースは現在、多くの卒業生を輩出しています。

教えることは意外に嫌いではなく、適性もあったようで、楽しい日々でした。特にゼミ運営はめちゃくちゃ楽しかったです。何か尖ったところのある学生を取るようにしていたので、毎年多種多様、波乱万丈という感じで飽きませんでした。授業についてはかなり工夫をしていて、オープンキャンパスでの模擬講義などもうまくやっていたと思います。

とはいえ、最初の1、2年は教えるのが上手くなっている手ごたえがありましたが、3年目ぐらいから「自分の教える能力はもう頭打ちだな」と感じるようになっていました。

さらに数年勤めていると、大学で起こることが大体わかってきます。そして年上の女性の先生方を見ていると、数年後の自分の仕事がはっきりと見えてきました。それは特に苦手な仕事ではなかったのですが、興味の持てない仕事でした。

時間がないというのもありました。私はゼミ生全員に卒業論文を執筆させており、テーマも各人に自由に決めさせていました。毎年面白いテーマが出てきて、かなり勉強になったのですが、一つのアイデアを論文にできるレベルまで議論して磨き上げなければいけないため、かなりの時間が必要でした。ゼミ生は1学年23人ほどで、3年生と4年生がいるので、常に50人ぐらいの学生を担当していたことになります。これだけ人数がいると、学生指導の時間も多く必要でした。

さらに、関西の大学にはよくあることだと思うのですが、前職は学生と教員の距離が非常に近く、気安い感じの校風でした。しかも経済学部は講義室と教員研究室が向かい合う形になっていて、学生たちはものすごく気軽に先生を訪問することができました。学生にとってはとてもよい構造だと思います。学生は本当によく訪ねてきて、いろいろな話をしていくので、多くの人生を垣間見ることができました。そういう時間を全く後悔はしていませんし、そこから学んだことも多く、私の財産になっています。

でも7年続けて、これ以上やるのは違う、と思いました。50歳になったときに、私には何が残るのだろう？と考えたとき、今の自分は望む未来に向かえていない気がしました。このままではいけない。成長しなければ。いい機会だし、一度やってみたかった民間に転職しよう。そう思いました。

実証系の経済学者には多いと思うのですが、私は面白そうなデータを見るだけで胸が高鳴るデータおたくで（そのおかげで、競泳のデータや日本経済新聞の「私の履歴書」のテキストデータで論文を書いたり、最近では50年近く前の学校誌のデータを使ったりもしています）、いつのころからか、民間企業には手つかずの面白いデータが転がっている気配を感じていました。民間企業で働いたことがないということも合わさって、「いつか民間で、新しいデータに触れたい」と思うようになっていたのです（「やったことないからやってみたい」は、私の基本的態度かもしれません。一方、「同じ大学でずっと働く」というのは、実は最初からイメージできませんでした。これは生まれつきのもので、どんな職場に行ってもそう思っていたと思います）。

フリーランスから社長に

というわけで、私は最初から「フリーランスでがんばるぞ！」と思って大学を辞めたわけではありません。

前職では、3年生と4年生を同じ先生のゼミで過ごすことになっています。そしてゼミは2年生の秋に決定されるというスケジュールで、学生へのアナウンスの時期などを考えると8月に退職の意思を表明し、ゼミ募集を停止する必要がありました。なのでもちろん、8月までに内定をもらって翌年4月から働くというコースを狙いました。しかし、中途採用を8ヶ月も待つというのは、民間の速度感では難しいことのようでした。民間で働く友人も「厳しいだろう」という見立てで、面接に行ってみた会社にも難色を示されました。「明日から雇ってください」の方が、内定確率は高かったと思います（実はこのタイミングの問題は、わりと重大だと思っています。大学のテニュア職から企業へ転身する際の、障壁の一つになっているのではないでしょうか）。

そういうわけで、特に行き先は決まっていないままですが、退職することにしました。1月ぐらいから就活してもいいし、来年1年はだらだらしてもいいだろう。正直まだ若いし、何かあってもリカバーできるだろう。と思っていました（今も思っています）。

この判断について、近しい友人は誰も驚かず、皆「いいんじゃない」という反応でした。一方、同僚たちの反応は対照的でした。退職することが知られてくると、顔を合わせたときに「どこの大学に移るんですか」と聞かれます。それに対して「次とかないです。とりあえず辞めるだけなので」と回答していたのですが、その顔に「？」が浮かぶのが見え、会話は大体そこで終わりました。想定外の答えに処理落ちする機械を見ているようでした。後にこの経緯を書いたブログ（後述）が大きな驚きをもって迎えられたことで、そっちが普通の反応だったのだと初めてわかりました。すみませんでした。

大学を辞めたとき、いろんな人に「社長になるんでしょう。すごく似合う」と言われたのですが、実は退職時点では、起業するつもりは全くありませんでした。結局、特に転職活動もしないまま退職して年度が変わると、ちらほら仕事の依頼が来るようになり、いつの間にかフリーランスとしてやっていけるようになっていました。法人化したのは、その方が仕事を請けやすかったからで、自然ななりゆきでした。特に思い切った決断をしたつもりはなく、「なんかそういう流れになってきたから、会社にするか」という感じです。完璧なサポートをしてくれる友人をビジネスパートナーとして、2人でやってみることにしました。

会社としては行動経済学のコンサルティングと、データ分析の請負をやっています。セミナー講師のご依頼も多いです。そして想像通り、というか想像以上に、面白いデータに囲まれて過ごしています。

「とりあえず行動する」のすすめ

大学退職から起業を経て、強く思うことが二つあります。一つは専門性の大事さ、もう一つが行動することの大事さです。

何かを専門であると言い切れることは本当に強くて、プロフェッショナルにはニーズがあります。

博士号はそのわかりやすい指標の一つだと思います。何か一つでいいので、これは任せてくれと言えるものを手に入れること。これは武器です。特に学生の方には、このことを強く伝えていきたいです。

行動することも同じくらい重要です。私が「とりあえず大学を辞めた」せいで、「どういうこと？」「今どこで何をしているの？」という疑問を持つ人が多かったようでした。そのころ、私は楽しくハローワークに通っていたわけですが、なぜか友人に問い合わせが殺到していました。学会でいろんな人から現状を尋ねられ、今後同じ話を繰り返すのも疲れそうだったので、「退職エントリ」というブログ[*1]を書きました。完全に身内向けに書いたのですが、想像以上に多くの人に読んでいただきました。

記事を読んで直接連絡をくださった方が何人かいて、お知り合いになることができ、かなり良いネットワークを築けました。実際にメールを送ってきた方たちには共通点があり、それは「こんなメールは山ほどもらっていると思いますが」という言葉が必ず入っていたことでした。ところが、SNSでのコメント数やアクセス数に比べ、実際に来たメールの数は、全く多くありません。私が驚いたのは、実際に行動する人の少なさと、行動する人は「行動する」が当たり前になっていて、それが優れた能力であるということにすら気付いていないのだということです。以前から「すごい人の友達はすごい人」という真実があると思っているのですが、すごい人たちはこうやってどんどん行動して、どんどん繋がっていくのだなと実感しました。一人ひとりが実際に行動するだけで、かなり世界は変わるのではないかなと思います。

自由に移動しながら生きる

今に至るまでを振り返ってみましたが、特に大きな決断をした記憶はありません。どれも自然にそうなったという印象で、壁を越えたり、大きなジャンプをしたりといった感覚もありません。

日本のアカデミアや大学の現状は、かなりまずいことになっているとは思います。それを改善するためにももう少し大きな視点を持ち、社会貢献を考えていくべきなのか？ とたまに思うのですが、どうも向いていないようで、私は私にとってよいようにだけ行動しようと思います。先述の「退職エントリ」にも書きましたが、参考になるなら参考にしてください。でも私たちは同じ人間ではないので、あまり参考にはならないと思います。

私はこれからも、大学の中とか外とか分野とかにこだわらず、自分がやりたいことをできる場所に自由に移動していくと思います。でもできれば、そういう移動をしやすい世界になって、多くの人があちこち出入りするようになればいいなと思います。その方が楽しそうなので。

（2021年2月）

＊1　https://evidence8money.hatenablog.com/entry/2019/11/12/165910

【やまね・しょうこ】

1984年神戸生まれ。立命館大学文学部心理学科卒、大阪大学大学院経済学研究科博士前期課程修了、同博士後期課程単位取得満期退学。博士（経済学）。近畿大学経済学部准教授を経て、2

020年1月に株式会社パパラカ研究所を設立、代表取締役に就任。著書に『今日から使える行動経済学』(ナツメ社)、『行動経済学入門』(東洋経済新報社)(いずれも共著)など。

3 教育・研究をささえる

子どものころからの夢、教師への転職

増田（渡邉）皓子
（岡山中学校・高等学校）

私は京都大学で理学博士号を取得し、そのまま同大学で2年間、ポスドクとして過ごしました。その後、同大学のＵＲＡ（リサーチ・アドミニストレーター、学術研究支援員）を経て、現在は岡山県の私立校にて非常勤講師として働いています。研究、結婚、子育て、キャリアなど、これまでの経緯をお話ししたいと思います。

太陽研究との出会い

小学生のころから大学に入るまで、私の夢は、教師になることでした。大学進学にあたり、周囲には医学部へ行くようにと勧められましたが、あえて理学部を選んだのは、教師になりたかったからでもありました。

進学した京都大学では、宇宙物理学を専攻。きっかけは高校生のころ、小柴昌俊さんが、ニュートリノの観測でノーベル賞を受賞されたことでした。テレビで放送される特集をみて、「宇宙って面白そう」と思うようになったのです。

入口はニュートリノでしたが、大学の授業で太陽について学ぶと、地球から最短距離にある恒星の太陽ですら、謎だらけであることがわかりました。宇宙を研究するなら、まずは太陽から、と確信をもち、大学院に進学。教師への夢は、いつの間にか影を潜めてしまいました。

ちょうど大学院に進学したころ、日本の太陽観測衛星「ひので」が打ち上げられ、宇宙で撮影した太陽表面の精細な画像が利用できるようになりました。私は夢中になってその画像を解析しました。

幸いすぐに研究成果があがり、博士課程1年生のときには京都大学優秀女性研究者賞(学生部門)を受賞するなど、かなり順調に、研究者としてのキャリアを積んでいきました。

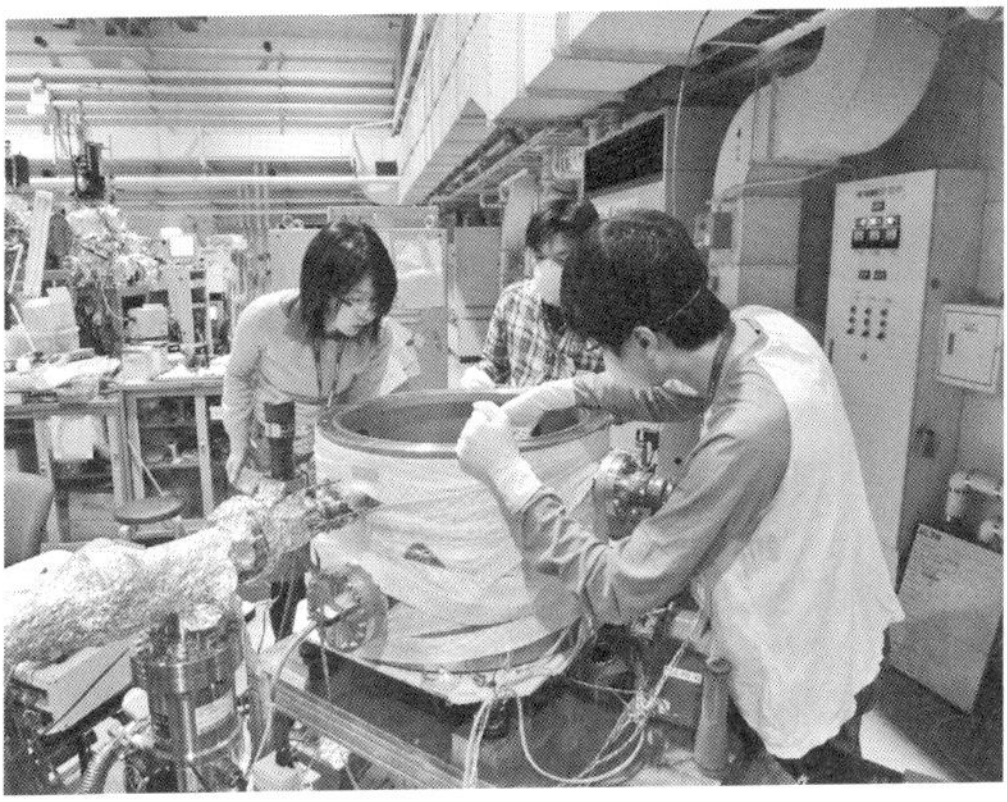

太陽観測ロケット実験CLASPに搭載する装置を開発している様子。愛知県の分子科学研究所にて。2011年2月撮影(左端が筆者、当時26歳)。

結婚、出産、就職、転職。激動の20代後半

博士課程在学中に、結婚、妊娠、出産を経験しました。夫は当時同じ大学で、同じ理学研究科の博士課程の学生でした。産後3ヶ月のときに博士論文公聴会で発表、無事に審査を通過。産後5ヶ月から子どもを保育園に預け、ポスドクとして働き始めまし

た。休学もしていませんし、育休もなしです（そもそも制度的に取れませんが）。研究者にとってブランクは致命的と考えていたからです。なんとかブランクなしで過ごし切ることができ、当時は「自分スゴい！」とすら考えていました。

しかし、実家から離れて住んでおり、夫も出張が多い、そして完璧主義の私には、1人で子育てと研究を両立させることは、とても困難でした。さらに2年後、夫が岡山の大学に移ると、平日は完全に私1人で、働きながら育児をすることになってしまいました。

研究者として活躍するには、少しでも空いた時間があれば最新の論文を読みたい。なのに、自由な時間が全然ない。さらに、当時の職は任期が3年。3年後に、次の職がうまく見つかるかどうかもわからない。

この状況のもと、私は次第にノイローゼ状態に陥っていきました。「研究を続けるなら、今後もこういう生活が続く」――不安定な将来を悲観することが増え、転職を考え始めました。

そのころ、在籍していた京都大学で、URAという比較的新しい職種の大規模求人がありました。研究を資金面・運営面などで支える専門職です。研究者としてのキャリアも活かせ、研究環境改善のために働けるというところに魅力を感じ、転職することにしました。太陽物理学の研究室がある大学は日本に数少なく、就職先は限られますが、URAならば多くの大学にあるので、夫の勤務先に近い大学に職を得て、家族が同居できる可能性が高まるのでは、と考えたこともあります。8時30分から17時15分までと勤務時間が決められていることも、私としてはとても嬉しいことでした。研究者時代は、他のみんなは夜遅くまで仕事しているにもかかわらず、自分は先に帰って家事・育児をすることに、罪悪感というか焦燥感というか、常にストレスを感じていたからです。

「思考の癖」からの解放

さて、前述のように、そもそも大学に入るまで、私はずっと教師になりたいと思っていたはずでした。それが、大学で研究を始めると、〝研究者社会〟にどっぷりはまっていきます。するすると大学院まで進み、そのうち、「自分は教師になんかなれるはずがない」と思い込み始めたのです。

年齢も高いしプライドも高く、頭はいいけど融通はきかず、一般社会ではやっていけない――自分たちはそういう種類の人間だと思うようになり、また、〝一般の人〟からもそう思われている、と信じるようにもなりました。アカデミアから離れたら、自分の価値はなくなる、と。また、「研究者として生き残っていくことが勝ち組、それ以外は負け組」という思想もありました。アカデミアに残ることにしがみつき、そこからこぼれ落ちることに恐怖を感じていたのです。

私の場合、まず家族ができたこと、そして研究者からURAに転職したことが転機になりました。少しアカデミアから距離を置くことができたことで、この思考の癖から解放されたのです。そして本来の夢、教師を目指してみようと、頭を切り替えることができました。幸い、教員免許は学生時代にとってありました。

そして、いざURAを辞め、教師を目指してみると、「なかなか採用されないかも」という不安を感じる時間もないくらい、すぐに就職先が見つかりました。教師の世界は慢性的な人手不足。夫のいる岡山県の私学協会に講師登録をした日から1週間、毎日電話がかかってくるくらい、引く手数多でした。

教師として働いてみて、いま感じること

現在は、岡山県の私立の学校で、数学と理科を教えています。[*1] 学生時代に頑張って取得した教員免許を、ようやく活かすことができました！　資格をとっておいて本当によかったと思います。

2020 年撮影。高校での数学の授業風景です。

ちなみに、私が所持している理科の教員免許は専修免許（大学院修士課程まで修了しないと取れない教員免許の上級資格）ですが、だからといって特別なことは何もありません（一部の私立校では給与の優遇があるそうです）。博士号をもっていることが授業にどう活かされているのか、といえば、「ひので」衛星の太陽の観測動画を自己紹介時に生徒に見せたり、パワーポイントを使って、教師になるまでの経緯や教科書にない物理の研究のお話ができたり、といったところでしょうか。あとは、微分・積分などの難しい単元を教えるときに、「こんな勉強しても絶対将来使わないでしょ!?」という生徒の訴えに対して、「いやいや、少なくとも私は使っていたよ！」と自信を持って言うこともできます。パソコン、タブレット端末、教育アプリの活用など、情報機器関係に強いこともメリットかと思います。

非常勤講師ですので、授業の時間以外は自分の好きなように過ごしています。最近は元指導教官と一緒に、天文学の専門書の翻訳などもしています。子どもと一緒にいる時間もたくさんあるので、子どもがやりたい習い事に通わせてあげることができます（以前はその時間がありませんでした）。生活する上での時間と心の余裕は、研究者時代の10倍くらいに増えた感じです。子どもも1人増え、4人家族になりました。

＊

高校で勉強を教えていると、たまに疑問に感じることがあります。

高校教育の一つの目標として、「いい大学に入る」ということがあります。いい大学に入り、そこでいい成績をとって大学院に進む。大学院で勉強・研究をがんばって、さらに上の研究者を目指す。しかし、現在の日本のアカデミアでは、このように〝望ましい〟コースを歩んでいくと、その先には雇用が不安定で、賃金や保障も高水準とは言えない、茨の道が待っています。

もちろん、研究者を目指すのが悪いわけではありません。好きな研究に没頭できる、とても魅力的な職業です。ただ、今の研究者雇用制度はとても不安定であると言わざるを得ません。さらに前述したように、研究者コースに一度入ると、「ここでしか生きられない」と思考が固まってしまい、その殻を破るのは容易ではなくなります（全員ではないですが、少なくとも私の周りの理学系ではそういう傾向があったと感じます）。

日本の教育システム・社会システムは、これでいいのだろうか？――これは、私自身にとっての宿題でもあると思います。

（2020年5月）

＊1　本稿執筆時は私立山陽学園中学校・高等学校に勤務していましたが、2021年春より私立岡山中学校・高等学校へ異動しました。

【ますだ（わたなべ）・ひろこ】

1984年生まれ。京都大学大学院で博士（理学）の学位を取得後、京都大学宇宙ユニット（日本学術振興会特別研究員PD）、京都大学学術研究支援室（URA）を経て、2017年より岡山県の私立山陽学園中学校・高等学校、2021年より私立岡山中学校・高等学校にて非常勤講師（理科・数学）。専門は太陽物理学（太陽黒点の観測）。2010年に京都大学優秀女性研究者賞（学生部門）、2012年に京都大学理学研究科竹腰賞を受賞。2児（9歳と5歳）の母。夫は素粒子の研究者。

迷いの森のその先に

雀部正毅
（理化学研究所）

思い立ったらすぐやる、という性格は子どものころから変わっていません。よく言えば思い切りがよくフットワークが軽い、悪く言えば考えなしで無鉄砲。そんな性格は、私のキャリア形成のみならず人生にも大きな影響を与えてきました。本稿では、お恥ずかしながら私の過去を振り返りつつ、アカデミアを出たり入ったりした人がたどり着いた場所についてお話しさせていただきます。特殊な事例が多く、あまり読者の方々の参考になるとは思えませんが、こんなバカがいるんだなあとご笑覧いただければ幸いです。

私のいまとこれまで

私は現在、理化学研究所で広報職[*1]に従事しています。国際広報担当として海外向けの情報発信を行っており、英語版ウェブサイト・ソーシャルメディアの維持管理、英語でのプレスリリースや記事の作成、国際会議の運営、海外イベントの企画・出展、写真・動画撮影やビデオクリップ制作などが主

AAAS Annual Meeting（ワシントンD.C.）での広報業務のひとコマ。中央でカメラを構えているのが筆者。撮影係になることが多いため、写真を撮っていただけることは稀。提供：物質・材料研究機構 国際ナノアーキテクトニクス研究拠点（WPI-MANA）中山知信氏。

な業務です。同僚の多くが外国人で、ミーティングや日常会話は概ね英語で行われるため、コミュニケーションをとるのもひと苦労なのですが、英語力が維持できるのはもちろんのこと、外国人の方々の言動に学んだり驚いたりすることも多く、刺激的で充実した毎日を送っています。

広報担当者としてのキャリアはいま7年目。現在の職務にやりがいを感じていますし、自分にはよく合った天職だとも感じています。しかし、ここに至るまでの道のりは全く平坦ではありませんでした。

私の父は物理学の研究者でした。父は一年中研究に没頭し、家にいるときも論文を書いたり文献を読んだり、大学教員だったころには学生を家に大勢呼んだりしていて、研究というものがいつも身近にありました。そういう環境で育ったこともあり、私は大人になったら研究者になるものと信じて疑いませんでした。自然や生き物が好きだったので、進路選択のときは迷うことなく生物学を学べる理系を選びました。大学に入学した時点ですでに、この先は大学院に進み、海外で経験を積んで研究者になっていくのだ……と思い描いていたのです。実際、学部を卒業してすぐにアメリカの大学院に進学することができ、このあたりまではだいたい思い通りの道を歩んでいたはずだったのですが、諸事情から海外留学を切り上げて京都大学の博士後期課程に編入したあたりから、考え方が大きく変わっていきました。

京都では、念願が叶って動物学の研究室に入ることができました。やりがいのある研究テーマに巡り会い、大変充実した毎日を過ごしていたのですが、将来のことを考えると見通しは明るくなく、先輩方も就職先を探すのに苦戦していました。「楽しく研究をしているだけでは生きていけない」という、当たり前の現実にぶつかったのです。日米でアカデミアの熾烈な競争を目の当たりにしてきたことに加え、「こいつらには一生敵わないな」と感じる凄腕の研究者(の卵)が自分よりも若い世代に数多いたこと、そして何より、研究者としての素養――自身の研究テーマに没頭し、とことん考え抜き、答えを見つけてアウトプットしていく熱量――が全く足りていないことをこの段階にきてようやく自覚したことから、私は完全に打ちのめされていました。とはいえ、そこは思い切りのいい私のこと。研究職でない道で就職しようと決断するまで、さほど長くはかかりませんでした。海外の大学院に行くなどの遠回りをしたこともあり、私は博士編入時点ですでに30歳近くなっていました。いま思えば、ずるずるとアカデミアにしがみつかず次の一手を打ったのは正解だったのでしょう。それでも、学位取得を投げ出してしまおうとしていた私を見捨てることなく、博士号だけはなんとしてでも取りなさい、と叱咤激励してくださった大学院時代の恩師や、週末や深夜であっても快く丁寧に指導をしてくださった先輩には一生頭が上がりません。

東北の誰もいない山中、冷たい雨に打たれながら鳥類調査。博士号を取得した挙げ句にこのような刑に処されるとは夢にも思いませんでした(というのは嘘で、実際はとても楽しい仕事でした)。

紆余曲折の果てに

研究者としての道を逸れて社会人となってからは迷走がいっそうひどくなり、全国を転々としながらじつにさまざまな仕事をしました。製薬会社で働いたり、四国で魚を育ててみたり、専門と全く違う分野でポスドクをしたかと思えば、氷雨降る東北の山奥で生物調査をしたり。その時々で最善と思われる道を選びつつ、納得しながら仕事をしていたとはいえ、我ながら支離滅裂な人生を送ってきたなとしみじみ思います。

ただ、そんな紆余曲折を経ている中でも、せっかく研究者になるためのトレーニングは積んできたのだから、たとえ研究者を目指さないにしても、アカデミアから完全に離れるのではなく、なにかこの経歴を活かせる仕事はないかと考えていました。そしてついに、自分に合いそうな職種――研究機関の広報・渉外担当――を見つけました。折しも科学コミュニケータの育成事業が本格化し、仕事の機会もちらほら出現し始めていた時期でした。応募要件には「理系の大学院卒」「英語を使ったコミュニケーションが円滑にできること」が望ましいなどとあり、アカデミアや海外での経験が有利に活かせそうな職業に見えたのです。

残念ながら、現実はそう甘くありませんでした。広報や科学コミュニケーションの実務経験がないことが特に致命的だったようで、たまに出る公募に応募しても、書類選考すら通らない日々が続きました。思いつくままにやりたいことをやり、これといった特技もないという、箸にも棒にもかからない経歴だったのですから、いま思えば当然です。

そんな中、唯一門戸を開いてくれたのが、筑波大学にある国際統合睡眠医科学研究機構（IIIS）でした。2013年のことです。IIISは文部科学省の世界トップレベル研究拠点プログラム（WPI）に採択されて前年に立ち上がったばかりの研究所で、広報連携チームのリーダーとして迎え入れてくれるというのです。ホンマかいなと思いましたが、このチャンスを逃す手はありません。立ち上げの混乱に乗じて紛れ込んだ感は否めないのですが、こうして私は、広報担当者としての第一歩を踏み出すことができました。

IIISは当時、体制がまだ整っていなかったため、私も広報業務だけやっていればいいというわけにもいかず、会議・ヒアリングや国際シンポジウムの企画運営、国への報告書の作成、外国人研究者の相談相手までこなし、あらゆることに首を突っ込むまさに「何でも屋」となりました。蓋を開けてみればチームも形だけで、広報経験者はおろか理系のバックグラウンドをもつ者すらおらず、結局、一人で手探りしながらもがいていくしかありませんでした。進む道もわからぬまま連日遅い時間まで働く日々は楽ではありませんでしたが、それでも研究者と二人三脚で成し遂げていく仕事は面白く、自分に合っていることを改めて実感しました。

人をつなぎ、人のつながりに助けられる仕事

ＩＩＩＳは専門分野が違ったこともあり、大学院で学んだことが業務と直結したわけではありませんが、化学・生物学の基礎知識は役立ちましたし、申請書や報告書の作成、プレゼン資料の制作サポートなどに抵抗なく取り組むことができたのは、間違いなくアカデミアでの経験があったからこそでした。

たとえばこれから研究機関の広報職を目指す方がいるとして、この仕事に博士号は必要か？　と聞かれたら、正直なところ明確な答えはありません。博士号をもたない広報仲間でも、いい仕事をしている人はたくさんいるからです。一方で、海外の広報担当者(Public Information Officer, PIO)には、博士号をもっている人がかなり多い印象です。個人的な感覚としては、知識や経験の蓄積という点で博士の学位はあるに越したことはないですが、自身の専門分野がぴったり一致することは稀ですし、それよりも、スピード感をもって仕事ができるか、細々したことにまめに対応できるか、といった素養のほうがはるかに重要です。また、バランスのとれた上手な人づきあいができる能力や、約束した仕事をきちんとやり遂げる忍耐力も大切です(社会人として当たり前ですが)。

広報は職業柄、人と出会う機会に溢れています。研究者はもちろんのこと、他機関の同業者、民間企業の方、イベントで出会う一般の方、訪問してきてくれた高校の先生方や生徒さん。さまざまな業種のさまざまな考え方をもつ人たちから刺激をもらいつつ、名刺の山がどんどん高くなる仕事です。全く接点のなかった人たちが自分を介して知り合いになり、新たな仕事を生み出すことになったりすることもしばしばあります。こうした「人つなぎ」は、広報担当者の大事な使命の一つだと私はつね

づね思います。人とのつながりがあったからこそ助けられることもよくあります。

前述のように、広報担当者になりたてのころは、身近に相談できる相手もおらず、全てが手探りの状態でした。そんなとき頼りになったのは、他機関で広報業務を行う仲間たちでした。特に、他のWPI拠点（当時は全国8ヶ所）の広報担当者たちはまさに同志とでも呼ぶべき存在で、困ったときに相談に乗ってくれたり、シンポジウムやイベントを一緒に運営したり、同じ時期に報告書作成に苦しめられたりと、職場の同僚よりもむしろ身近に感じていたと言っても過言ではありません。また、大学・研究機関の広報担当者が集う有志の会（科学技術広報研究会、JACST）に所属することで、さまざまなバックグラウンドをもつ人たちと知り合うことができ、多くのことを学ばせてもらっています。こうして機関の枠を超えて、同じ仕事をしている人たちと横断的につながっていける点が、広報の大きな魅力だと私は感じています。

茨の道はまだまだ続く

広報は私にとって楽しくやりがいのある仕事であり、この先もずっと続けていきたいと強く願っています。ただ残念なのは、広報というポジションがきわめて不安定であることです。研究成果の社会還元や国民への説明責任が重視されるようになり、広報専任の職員も徐々に増えつつあるものの、定期異動のある専門外の事務系職員が担当していることも多く、数年のうちに担当者が替わってしまうことも珍しくありません。広報専門で定年まで続けられるポストに就くことができる人は一握りで、ほとんどの人は任期付きポジションを転々とする羽目になります。また、機関の全体予算が減ったときに、広報ポストから真っ先に削られてしまうのも事実です。自分の組織のために身を粉にして働いてきたのに、任期切れで他機関に移らざるを得なかった凄腕の仲間たちを、これまで幾度となく見てきました。現在の状況下では、優秀な広報担当者は育たないと思います。

もちろん、現状を嘆いているだけでは道は拓けません。自分らしくフットワークの軽さを活かして、「ぜひうちで働いてほしい」と思ってもらえる唯一無二の広報屋になるにはどうしたらいいか。今やらねばならないことに邁進しつつ、考えに考える日々はまだまだ続きそうです（そうこうしているうちに定年になりそう）。

（2020年6月）

＊1　広報とひと口にいってもさまざまな種類があります（将来自身の大学を目指してほしい中高生を対象とした入試広報、製品のプロモーションのための民間企業の広報など）。本稿では、研究機関もしくは大学で、理系分野の研究成果を発信することを目的とした「科学広報」を便宜上ひと括りに「広報」と呼んでいることにご注意ください。

【ささべ・まさたか】
東京生まれ。北海道大学理学部、イリノイ大学アーバナ・シャンペーン校生化学部を経て、京都大学大学院理学研究科にて博士（理学）の学位を取得。（最終的な）専門は動物生態学。民間企業勤務や大学でのポスドクを経験後、研究機関広報の世界へ。趣味は旅、生き物観察、写真、千葉ジエッツふなばし（Bリーグ）。

研究者から、研究を支援する高度専門職（URA）へ

森本行人
（筑波大学）

私は、2011年に博士（経済学）の学位を取得しました。当時所属していた大学で初のURA（University Research Administrator、リサーチ・アドミニストレーター）となった後、現在は筑波大学でURAとして勤務しています。

アルバイトが転機に

大学院では、歴史的な観点から、情報と経済（なかでも特に、郵便の歴史）に関する研究をしていました。博士号取得のハードルは高く、博士課程への進学当初から、3年では取得できないことを覚悟していました。結果として、7年かかって博士号を取得しています。

博士課程の4年目以降には、大学と高校の非常勤講師をしながら研究していました。毎朝6時半ごろ家を出て高校へ行き、授業が終われば研究室へ戻り、高校の教材研究（授業をするための準備）をしてから自分の研究をします。高校の非常勤としては、4単位の日本史を4クラス受け持っていたので、

どうしても自転車操業になっていきました。24時間研究に没頭できた時と違って、研究にとれる時間は1日あたり2~3時間程度。それでも、この自転車操業の生活の時に限って論文が査読に通ったりしたので、人生わからないものだと思いました。

そんな中、思わぬところで転機が訪れます。

高校では、3年生ばかり教えていました。そのため、2月と3月は授業がありません。大学の非常勤を担当していたのは春学期。つまり2月と3月は、無給になってしまうのです。

ちょうどこの無給の時期に、所属していた大学で、3月までのアルバイト募集を見つけました。研究支援のアルバイトです。仕事場は学内の同じキャンパスにあったので、仕事が終わればそのまま研究室へ歩いて行けます。迷うことなく応募しました。これが、私にとって初めての研究支援でした。幸い、4月以降もお誘いを受けたため、そのまま研究支援の職場で非常勤職員を2年しながら、博士号を取得します。

研究支援としての初仕事は、研究者総覧のウェブサイトの改修にかかわる業務でした。当時の業務は、20名ほどのパートの方に、旧システムの研究業績一覧を新システムの仕様に沿って適切な箇所に入力してもらう作業の監督で、入力する方からの質問に答えつつ、新システムにきちんと反映しているか確認する、というものでした。

研究業績一覧というのは、研究者としては当たり前のものですが、見たことがない人にとっては、各項目の位置づけや意味をイメージするのがとても難しいものです。専門分野以外でも、自分の研究者としての経験を役立てることができるのだと、この時はじめて知ったのでした。

研究支援のプロになる——URAとの出会い

そんなさなかの2011年、文部科学省が「リサーチ・アドミニストレーターを育成・確保するシステムの整備」事業を開始しました。時代とともに、大学等の研究者に研究活動以外の業務が多くのしかかるようになってきたことを踏まえてのことです。私の当時の所属先でも独自のURA制度が設けられ、学内で3名のURAが誕生しました。そして私もそのうちの1人として、常勤でURA業務に従事するようになります。

URAとは、一言で言うと何でも屋——所属する大学における、研究支援を中心とした何でも屋です。かつて大学には主として研究者と事務職員しかいなかったところに、その間あたりに位置する第三の職が生まれた、というイメージでしょうか。生まれたばかりの新しい職業ですから、私が職を得た当時は今よりもいっそう、定義が不明瞭な存在でした。大学の先生方が「URAだったらこういうことやってくれるでしょ?」と仕事を振ってこられ、なにせこれといった定義がないので、そっか、と引き受け、なんとなくできてしまう、ということの繰り返しです。

ただ当時から、科研費(科学研究費助成事業)の申請書類のチェックは、URAの仕事として大きなものの一つでした。もちろん事務の方々にもチェックのフローがあり、それは実際よくできています。ただ、事務の方々がチェックするのは一般的なことにとどまり、通常、内容には立ち入りません。そこで、内容に踏み込んだチェックを行うのが、URAの重要な業務の一つなのです。その他、科研費の会計処理や、研究者総覧の作成といった仕事もおこないました。

とはいえ、当時のURAのポジションは、いわゆる任期付きでした。私がURAになった当初は、任期なしの職員の募集は全国的にみても少なかったのです。しかしその3年後、他の大学で、何年かまじめに働くと任期の定めのない職員になれるURAの公募がありました。他大学の研究支援に求められていることも知りたかった私は、これに応募しました。それが、今の職場である筑波大学です。筑波大学のURAはそのほとんどが理系で、文系の博士はかなり珍しがられたのを覚えています。

筑波大学のURAの仕事は、おもに研究戦略の策定・実行、そして研究資金の獲得支援です。前者は、字面からイメージされるような「研究そのものの戦略」よりはむしろ「研究のバックアップ戦略」を考え、実施していくもので、学内の研究力を分析したり、学内公募を企画・運営したり、外部に向けた研究広報を強化したり、どうしたら研究者がより研究に集中できる環境になるかを検討したりします。そして後者に関しては、先述のような科研費申請書類の改善支援をおこなったり、研究費獲得に関する相談会や模擬ヒアリングを開催したり。URA全体のおおよそ半数が大学本部、半数が各部局に所属し、大学や各部局のボトムアップにかかわる、実にさまざまな業務を柔軟に進めます。

なお、URAが誕生してから年月がたって、各大学の内部ではURAの定義が少しずつ固まってきたようではありますが、その定義は大学によって異なります。全国の大学を見渡すと、URAは主に研究資金の獲得支援を行うという大学もあれば、もっぱら産学連携に関する仕事を行うという大学も多くあるようです。

研究の評価指標をつくる

筑波大学の本部URAとして働き始めてから3年目に、学内交流を目的として、筑波大学人文社会国際比較研究機構（ICR）に異動することになりました。ここで着手した仕事は、やや特殊とはいえ、URAならではともいえるものですので、特に紙幅を割いてご紹介します。

企画・運営に携わった研究大学強化促進事業シンポジウム（2019年）にて。筆者は司会を担当。iMDをはじめとする研究評価指標について議論が行われました。ここで出会った登壇者のレベッカ・ローレンスさんと、後述の「筑波大学ゲートウェイ」を一緒に立ち上げることになります。

ちょうどこのころ、文部科学省から人文社会科学系（以下「人社系」）の学部や大学院に対する問題提起があり[*1]、人社系研究の成果発信、そして社会との関連づけが強く求められ始めました。そこで私は、人社系の研究成果の重要性評価に使えるような指標の開発に着手することになったのです。

それまで、人社系の学術誌は、重要性を国際的に評価することができませんでした。たとえば理系でよく使われる指標である雑誌のIF（Impact Factor）は、論文の被引用数に基づくもので、エルゼビア社のスコーパス（Scopus）などの論文・引用データベースがもととなって算出されていますが、スコーパスに収録されている学術誌の多くは使用言語が英語であり、それ以外の言語で書かれた論文はほとんど収録されていません。人社系の研究者がその研究成果を国内の学術誌に発表している場合、使用言語はたいてい日本語のため、評価の対象となっていないのが現実でした。

そこで、筑波大学の人社系の先生方にも協力していただきつつ、他大学の人社系URAにも声をかけて、全ての分野の論文を統一的にはかることができる指標について、議論を重ねていきました。そうしてできた指標が、iMD(index for Measuring Diversity)です。この指標はその名の通り、雑誌の多様性をはかるもので、1年間に掲載された論文の著者の所属が多いほど、また所属機関の立地する国が多いほど、大きな値となります。つまり一般的に、学内紀要より全国レベルの学会誌、さらにそれより国際的なジャーナルで、高い数値が出るようになっています。[*2]

構想から数年経ち、この指標は結果として、大学から特許出願するまでに至りました。少額ながら科研費も得て行ったこの仕事は、自分としてもとても楽しいものでした。それまでにも、国内誌を含む学術誌の統一的な評価を目指した本格的な指標作りの議論はあったものの、研究者だけではまとまらなかったようです。研究者と、人社系のバックグラウンドを持つURAが協力できたからこそ得られた成果ではないかと自負しています。

いつの間にかアカデミアを離れていた

私が取り組んでいたテーマの研究は、大型装置などは必要なく、試薬を使うこともなく、PCと史料さえあればどこでもできるものです。URAとなってからも、分担執筆や指導教官の退官記念論文集への寄稿など、依頼があれば対応していました。職種としては研究者ではないものの、研究は続けられたのです。過去に経験してきた高校・大学の非常勤講師や大学の非常勤職員と同様、ＵＲＡと研究とを両立させることは、それほど難しくはなかったのかもしれません。

しかし、時がたつにつれ、先述のｉＭＤについて講演したり、それに関する学会報告用の論文を書いたり、大きなシンポジウムを企画・運営したり、海外の展示会に出展したりと、徐々に今の仕事が忙しくなり、自然と、本来の専門である情報と経済の研究をしなくなっていきました。毎日のようにさまざまな研究に触れていられる現場で、研究者としての経験が役立つことも増えているため、自分としてはアカデミアを離れたつもりはなかったのですが、少なくとも研究のプレーヤーとしては、いつの間にか離れていた、というのが実感です。

人社系ＵＲＡの野望

ＩＣＲでの勤務を3年間経験した後にいったん大学本部に戻り、２０１９年度には経済産業省に1年間出向して(省庁における予算の組み方やお金の流れを勉強してくるためでしたが、ＵＲＡの省庁出向はあまり一般的ではありません)、その後また大学本部に戻って、現在に至ります。

いま博士課程の方や博士号をお持ちで、研究に取り組んでいる方に、ＵＲＡの仕事をお勧めできるかといえば、立場上はできません。研究者の方々に、第三者の目から「もっとこうすれば伸びますよ」とアドバイスするのもまた、私たちＵＲＡの仕事だからです。

ただ、私自身はとても楽しくやっています。やりたいことがあれば、実行までの手続き上の理不尽な壁がほとんどないのが魅力です。現在の場合、研究推進について何かを企画して、所属する室の室長レベルでＯＫが出たら、もうそれで実行可能です。室長レベルで判断しかねるという案件は副学長に諮ります。副学長も判断しかねたら学長です。この速さ。ＩＣＲにいたときなどは特にそれが顕著で、機構長の部屋が隣の隣にあり、扉をコンコンとやって、「これやりたいんですけど、いいですか」と気軽に相談できました。所属組織の中枢に比較的近いところで、やりたいことを主体的に提案して、実行に移していけるのです。バックグラウンドが文系であれ理系であれ、こうした醍醐味は共通ではないでしょうか。（ただこれは諸刃の剣でもあって、普通は副学長からいろいろなところを経てやってくるはずの仕事が、提案をしたついでに、直接降ってきてしまったりもするのですが……。）

人社系のＵＲＡとしての私の究極目標は、国内の人社系の研究成果やそのクオリティを、日本のみならず世界に示すことです。そのための取り組みの一つが、先ほどご紹介したｉＭＤであり、もう一つがオープンサイエンスの推進です。後者については、具体的には筑波大学ゲートウェイ[*3]が２０２０年11月に公開されました。これは、F1000 Research[*4]というプラットフォーム上に設置されたゲートウェイです。このプラットフォーム上に投稿された論文は、誰でも無料で読むことができますが、なかでも筑波大学ゲートウェイの特色は、日本語の論文でも投稿可能だということです。従来は、海外から、あるいは国内でも研究機関の外から日本語の学術誌にアクセスすることは困難でしたが、このゲートウェイを通して公開された論文であれば、世界のどこからでも、無料で読めるようになります。人文社会科学の研究成果は見えづらいと言われますが、こうしてさまざまな人が人文知にアクセスできるようになれば、もっと豊かな社会になるのではないでしょうか。

もちろん、また別の方法もあるかと思います。一緒に考えてくれる人社系の博士が、ＵＲＡにもっと増えていってほしいと願っています。

（２０２０年10月）

＊1　国立大学法人等の組織及び業務全般の見直しについて（平成27年6月8日文科高第２６９号文部科学大臣通知）

＊2　ＩＦは「たくさん引用されていれば、たくさん読まれているだろう」という見地からの指標で、ｉＭＤは「たくさんの国や所属機関の人が共著者になっていれば、たくさん読まれているだろう」という見地からの指標といえます。実際、ＩＦがついている雑誌については、ＩＦが高い雑誌はｉＭＤも高い傾向がありますす（https://icrhs.tsukuba.ac.jp/tsukuba-index/）。

＊3　https://ura.sec.tsukuba.ac.jp/utgateway

＊4　F1000 Researchプラットフォーム（https://f1000research.com/）はTaylor & Francis Groupのメンバーである F1000 Research社によって運営されており、ここに投稿された論文は、投稿された時点でＤＯＩが付与され、誰でも無料で読めるほか、査読プロセスもウェブサイトで公開されます。このプラットフォームにはすでに、さまざまな研究コミュニティのゲートウェイが存在します。

【もりもと・ゆきひと】
京都生まれ。関西大学大学院経済学研究科にて博士（経済学）の学位を取得。関西大学ＵＲＡを経て、２０１３年度より筑波大学本部ＵＲＡ。２０１７年に人文社会分野から特許出願（特願2017-138751）、２０１８年にはＵＲＡ業務の一環として、科研費の奨励研究獲得。日課は愛犬との散歩。

政策で科学を加速し、科学で政策を加速する

高山正行
（文部科学省）

霞が関の各省庁で働く職員のバックグラウンドは、実はかなり多様性に富んでいて、大学院の博士課程を経験している人も一定数います。かくいう私も博士課程でどっぷりと研究の世界に浸かり、博士号を取得した直後に文部科学省に入りました。いまは行政官として働くかたわら、省直轄の研究所で政策研究を行っています。入省からもうすぐ2年が経過する程度の若輩者が語るのはおこがましいかもしれませんが、ここに至った経緯や、いま感じていることをお伝えします。

ただ理数系が好きだった

少なくとも大学院の修士課程に進むころまでは、行政官という進路を考えたことは一度たりともありませんでした。

数学・物理・化学の勉強が好きで東京大学理科Ⅰ類に進学し、理学部物理学科に進みました。学部4年時の研究室配属にあたり、非常に興味深い研究成果を紹介されていた先生と出会い、無事その研

究室の配属を摑みとり、大学院入試も無事通過して、修士課程からもその研究室で研究することとなりました。レーザーを用いて、低温物性の研究を行う研究室でした。

私に与えられた研究テーマは、半導体物質を光で励起することで形成された電子・正孔の水素原子様のペアである励起子が、マイナス２７０℃程度の環境で大量に生成されたときの振舞いを、近赤外光や遠赤外光（特にテラヘルツ帯）で詳しく調べていく、というものでした。いわば「基礎中の基礎」のような研究です。このテーマは理論と実験の両面で歴史が長く、蓄積された知見も多い分、一定以上の成果を上げるには、修士課程の２年間では足りそうもありません。修士課程に入った段階で、博士課程への進学も心に決めていました。幸い、「フォトンサイエンス・リーディング大学院（ＡＬＰＳ）」[*1]のコース生として採用され、博士課程３年までの経済的支援をいただけることになったため、博士課程への進学は決定的となりました。

博士1年冬、大きな壁

修士課程時代は、アルバイトで予備校講師をしたり、教員免許を取得したりと、研究以外のことにも時間を割きながらの生活でしたが、博士課程に入ると、研究に専念する時間は自然と長くなります。研究を進めるにつれて、実験も複雑になっていきました。

大きな壁に直面したのは、博士課程１年の冬に入るころです。機材トラブルに見舞われて、思うように実験を進められないことが増えていきました。どうにか得られた結果も、膨大な先行研究と改めて比べてみると、本当に新たな価値があるのか、わからなくなってしまいました。

この壁にぶち当たったことで、「自分は研究には向いていないのだろう」と認識し、中退も視野に入れながら、アカデミア以外の進路を真剣に考えるようになりました。

そうだ、文科省に行こう

いろいろと進路を考え直す中で、最終的に残ったのは、「自分が研究してきた基礎科学を、それまでとは異なる形で長期的に支えていきたい」という思いでした。

基礎科学はスモールステップの積み重ねであり、その発展にはどうしても基盤的・長期的な投資が必要になる——ということは、大学院で研究する中で感じていました。しかしその一方、基礎研究の重要性や成果の意義は、アカデミアの外にはなかなか理解されません。基礎研究はこのままで大丈夫なのか。残すにはどうしたらいいのか。自分なりに考え、基礎研究を支える最後の砦である文科省で、これまで以上に、それらが長く盤石に支えられるようにしていきたいと思ったのです。

そこでまずは、国家公務員総合職試験を、[*2] 博士課程2年時に受験することにしました。受験資格にある年齢制限をクリアしていることを確認し、さっそく準備に取りかかりました。

国家公務員総合職試験には「大卒程度」と「院卒者」の2種類のオプションがあり、それぞれの中で、自分の専門に合わせて受験が可能です。私は院卒者向けの数理科学・物理・地球科学区分で受験しました。試験は、1次試験と2次試験から成ります。1次試験は、基礎能力試験（SPIをさらにきつくしたような問題＋高校卒業程度の各科目の知識を問うような問題）と専門試験が多肢選択式で行われ、この合格者のみが2次試験に進めます。2次試験は、専門試験（記述式）、人物試験（民間企業の採用面接みたいなもの)、政策課題討議試験(グループディスカッションみたいなもの)で構成されており、1次試験と2次試験の総合的な結果でもって、最終的な合否が決まります。

試験を受けると決めたはいいものの、それまでやってきた研究をやめたいとも思わなかったため、試験の勉強に充てる時間は原則、1日1時間半までに制限して取り組んでいました。こうして1日の時間の使い方をしっかり決めたことで、「限られた時間でもっと効率的に取り組む」という意識が芽生え、研究にもいい影響があった気がします。

基礎能力試験については、市販の参考書が非常に充実していましたので、自分が苦手な分野の参考書だけを買って、毎日少しずつこなすようにしていました。専門試験については、サンプル問題や過去問[*3]を見ていると、大学院入試と非常によく似ていたため、大学院入試対策をもう一度さらっとやるイメージで勉強していました。人物試験や政策課題討議試験については、最近はインターネット上に合格者の体験談が出ているため、そこでイメージトレーニングして臨みました。

そしてこうした対策の結果、無事に最終合格をいただくことができました。博士課程2年の夏のことです。

一方で、この試験を受けながら続けていた研究の方でも状況が好転し、博士号取得もなんとかなるのでは、という見通しが立ってきました。そこで私は、改めて博士号取得を志して、各省庁への「官庁訪問」[*4]は博士課程3年時に行うこととし、復活してきた研究へのモチベーションで巻き返しを図っていきました。

結果、どうにかこの目論見通り、博士課程3年時に文科省に内々定をいただき、また博士論文も納

省内での打ち合わせの様子(左が著者)。役所といえば紙のイメージですが、最近ではこのように、ペーパーレスでの打ち合わせも多くなっています。後ろのポスターは、2019年まで使用されたスーパーコンピュータ「京」と、2021年3月より共用を開始した「富岳」。この部署が抱える新旧ビッグプロジェクトです。

得のいく形で仕上げることができて、無事に審査会を通過し、博士号も取得することができました。

行政官として働く

文科省には、2019年4月に入省しました。

現在は、主に情報科学系の研究開発を推進する部署におり、特にAI研究開発に関する事業運営や、統計学のエキスパート人材育成に関する新規事業の立ち上げなどを担当しています。まだ2年目ではあるものの、この部署は入省してから既に2部署目で、1部署目とは異なる領域で仕事をしています。実は行政官は、典型的にはこうして1~2年程度で部署を異動します。多くの部署を経験する中で非常に幅広い知見が身につく、というところが、行政官という仕事の魅力だと私は思っています。

行政官の業務は、非常に多岐にわたります。法令改正、新規事業の立案、予算要求、国会や各種問い合わせの対応など、行う業務は、部署やその時のトレンド、ニーズに応じても変わってきます。

私の現在の業務は研究開発事業がメインですので、予算要求に関する仕事の比重が大きくなっています。次年度の予算で具体的にどんなことに取り組むか、関係者にヒアリングを行いつつ、事業として必要な金額を見積もり（いわゆる「概算要求」）、説明資料を作って財務省にその重要性や必要性を説明し、希望する予算をいただけるよう、（時に侃々諤々になりながらも）長期にわたって交渉します。最終的に受けた査定はその後、政府予算案として国会にかけられます。時にその事業の方向性について、国会の外で議員からの求めに応じて説明を行ったり（議員の方々も、地元の方々のご要望に応えるべく、いろいろな施策にアンテナを張っています）、あるいは大臣や副大臣、政務官、省幹部が国会で問われたときに備えて答弁書を作成したりもします。

こうした仕事にあたっては、さまざまな文書や資料の作成が必要になります。特に行政の視点での説明にあたっては、さまざまな人にとって必要性や重要性がわかりやすいものにしなければなりません。専門的なことであっても、インプットした後、うまくかみ砕いてアウトプットする、というスキルが重要だと日々感じているところです。

博士の経験をどう活かしていくか

冒頭で述べたように、省庁には博士課程の出身者も一定数いますが、少なくとも現状において、行政官としての業務に博士課程での経験を活かせるかどうかは、所属する部署や、その部署での業務の状況による部分もあります。

現在私が所属している部署においては、「担当する事業の今後の見通しや課題を抽出すべく、ＡＩの研究をしている先生方に研究状況をヒアリングする」という業務が非常に重要なウェイトを占めていますが、そのコミュニケーションにおいては、博士課程までの研究で養った感覚が活かされているように感じています。研究プロセスにおける技術的な課題や実現可能性を、ある程度想像した上で質問したりできるためです。ＡＩに関する特別な知識はなかったため、少しずつ自分で勉強しながら（時に資格試験などにもチャレンジしつつ）、事業内での検討に活かすというサイクルになっています。

大学院までで経験した研究においては、一定レベルでのロジックに基づいた「仮説→検証→考察→発見→……」によって新たな真理を追い求めることに最も重きが置かれていたのに対し、行政官という立場になってみると「マルチレンマ」の連続で、決して容易には価値を比較することのできない、そして必ずしもロジカルなものに限らないさまざまな要請を俯瞰的に捉え、バランスをとりながら国としての最適解を模索していかなければならない、という特有の難しさがあるように感じています。近年はその中で、客観的に見て最適であり、より多くの人に納得してもらえるような政策立案を実現するために、Evidence-Based Policy Making（ＥＢＰＭ）が重要である、とさまざまな政策領域で主張されていますが、行政官がＥＢＰＭを実践するにあたっての確固たる根拠を得るには、まだまだ高いハードルがある、というのが現状だと思います。

新たな視点から政策を研究する

そんな問題意識もあって、２０２０年9月からは、行政官としての業務に加え、科学技術・学術政策研究所（NISTEP）の研究官も併任し、そこで政策研究も始めました。現在行っているのは、アカデミアを中心とする博士人材の流動性やキャリアパスの定量的な研究ですが[*5]、ゆくゆくは、政策科学領域の基礎や業界標準を堅牢なものにするために、一石を投じていきたいと考えています。

政策研究においては、博士課程で使ってきた数理手法を試行的に取り入れるなど、私の手で新たな価値を与えられないだろうかと模索しています。さらに、最近ではこの政策研究にAI技術を導入することも検討しており、行政官としての業務にもつながることがとても面白く、充実した日々を送っています。

博士課程を修了するときは、アカデミアや研究職というキャリアはもうないだろうな、と思っていたのですが、気づけばこの政策研究で学会発表をしたりもしています。ジャンルは大きく変わりつつも、結局2年足らずで、アカデミアに体半分程度戻ってきたようです（笑）。

ガツガツした若手として

博士課程を終えて入省した自分の経歴と切っても切り離せないのが、文科省内の「ガツガツ若手ワーキンググループ（AirBridge）」での活動です。このグループは2020年10月、私を含む省内の若手有志で立ち上げたものです。博士課程や若手研究者に関するさまざまな問題の改善をめざし、大学院生を含む幅広い現場の関係者との議論や対話を行っているところです[*6]。

この問題における中心的課題はもちろん「金・職」（研究費や給与、ポストの問題）であり、政府における若手研究者支援に関する施策の議論もここに集中していますが、その一方で、研究指導や環境に関することもまた重要です。

　私が博士課程まで所属していた研究室においては、自身の研究で上手くいかなかった時期もありましたが、受けてきた指導も周囲の環境も申し分なく、不満はありません。しかし国全体を見渡すと、指導内容や人的環境などにおいてさまざまな研究室が存在するのも事実であり、どういった進路を歩むにせよ、あらゆる大学院生が納得できる形で研究に力を入れ、次の進路につなげられるように努めていくことは、日本全体の科学技術の発展のためにも非常に重要だと思います。

　博士課程修了者に、アカデミア外での活躍の場がまだまだ少ないことも問題です。

　よく言われる博士課程修了者の強みとしては、専門性のほか、論理的思考力や問題解決能力、あるいはＰＤＣＡを１人で回せることなどが挙げられますが、特に就職活動でよく使われるこのような評価軸に落とし込んだ議論は、ややミスリーディングな部分があると私は思っています。確かに、博士課程ではこうした力がかなり鍛え上げられたという実感や、周囲の博士課程修了者にはきちんとこれらが身についている人ばかりだという感覚が私にもある一方で、これらが博士課程でないと大きく育たないものかというと、必ずしもそうではありません。博士課程を経験していない人でも、ＯＪＴなどを通じてこういったスキルを高いレベルまで磨き上げている人々が世に多くいる中、博士課程修了者の価値は、本当はこのような個別の評価軸で評価するべきではないと思います。

　では、どのように評価して、アカデミア外での活躍の場の拡大につなげていくのか。現時点で私は、「トラブルがあった際にも素早く分析して対応・修正する能力」「一定以上のクオリティで文書や資料を作成し、それを発信する能力」「持っている知識にとらわれることなく広く情報収集し、素早く吸収して有機的に知識をつなげていく能力」などを合わせて、総合力で評価していくことが重要だと考えています。これは非常に難しい問題であり、どれだけこの考えが的を射ているのかもわかりませんが、まずは今後、さまざまなバックグラウンドや職種の方々の生の声をもとに、しっかりと検討していこうと思います。

おわりに

大学院で研究をしていたころには、「文科省が科学技術政策に関してもっとこうしてくれればいいのに」などと漠然と思っていたこともありました。今ではその時の経験ももとに国の科学技術行政に携わっており、さらに、一度は離れたかに思われた研究を、全く異なる領域においてとはいえ、結局、再開しています。まだ入省して2年足らずですが、振り返れば過去と今が自然に、かつ不思議な形でつながっていました。今後どのように道が開けていくのか、まだまだ想像がつきませんが、これからも来た道を大切にしながら、進んでゆきたいと思います。

さて、最後にお知らせです。最近は文科省でも、さまざまな課題解決のために、博士人材の活用を促進しています。博士課程を経験され、教育や科学技術の行政にご関心をお持ちの方には、ぜひ、文科省の門を叩いていただければと思います！

（2021年3月）

＊1　2011年度よりスタートした文部科学省「博士課程教育リーディングプログラム」事業による、フォ

トンサイエンスに特化した東京大学内のプログラム(https://www.s.u-tokyo.ac.jp/ja/current/ALPS/)。修士1年時後半より博士後期課程3年まで、月額20万円の奨励金が支給されていました。なお、２０１７年度をもって本プログラムの募集は終了しています。

*2　詳細は人事院のホームページ(https://www.jinji.go.jp/saiyo/siken/top_siken.html#sougou_label)参照。試験問題例や試験ごとの配点、過去の合格点・平均点なども公開されています。

*3　過去問は人事院に情報開示請求することで入手可能です(ノウハウはインターネット上でまとめている人が複数いますので、そちらをご参照ください)。ただし、情報開示請求の手続きには1ヶ月半~2ヶ月程度要することに注意が必要です。また、大学の就職支援センターなどで閲覧させてもらえる場合もあります。

*4　実は省庁への総合職採用においては、試験に最終合格すれば必ず採用されるというわけではなく、試験合格後に各省庁にアプライし、各省庁で面接などの採用プロセス(これがいわゆる「官庁訪問」)を乗り越えなければならないのですが、このプロセスは試験合格直後でなくてもよく、その2年後まで有効となっています。

*5　最近、以下の論考をＮＩＳＴＥＰから公開しました。高山正行・星野利彦「博士人材の年齢別人材流動モデルの構築と試行的な将来予測」(http://doi.org/10.15108/dp193)

*6　オンラインプラットフォーム「AirBridge」では、メーリングリストやFacebookグループにて、情報発信・収集やイベントのご案内などを行っています。ご興味をお持ちの方は、ぜひ以下からご登録ください！

メーリングリスト：https://pf.mext.go.jp/admission/13173-2-2.html

Facebook グループ：https://www.facebook.com/groups/airbridge/?ref=share

【たかやま・まさゆき】

東京生まれ。東京大学理学部物理学科卒業、同大学大学院理学系研究科物理学専攻博士課程修了。博士（理学）。２０１９年４月、文部科学省入省。２０２０年９月からは科学技術・学術政策研究所の研究官を併任し、博士人材の流動性に関する定量的研究に着手。文科省内の「ガツガツ若手ワーキンググループ（AirBridge）」でも活動。趣味はバイオリン、オーケストラ活動。好きな焼肉の部位はミスジ。

実験室で、ふと自分を見つめて知財の道へ

福家浩之
（弁理士）

弁理士は、特許、意匠、商標などの知的財産を専門に取り扱う資格です。弁護士や会計士と比べるとマイナーな資格ですが、研究の成果をビジネスで使える形に仕上げる、重要な仕事を担っています。博士号を取得後、知財業界に転身した私の経験と、弁理士の仕事内容をご紹介します。

実験の合間に考えた

高校時代に、ノンフィクション作家の立花隆氏による科学ノンフィクション『マザーネイチャーズ・トーク』や『精神と物質』を読み、純粋に真理を追い求める研究者の仕事にロマンを感じ、研究者になりたいと思うようになりました。

大学では分子生物学を専攻し、高校時代の夢をもったまま、とくに疑いなく大学院の博士課程まで進学しました。

研究対象は、遺伝子の発現制御（ＲＮＡの転写後のプロセシング）に関するものです。博士課程の１年

目ごろまでは、自分の研究がどのように展開するか、楽しみに感じていました。

しかし、次第に実験の失敗が積み重なり、打開策を見つける力も足りないことを実感して、フラストレーションがたまり始めました。博士課程の3年目ごろからは、自分の実験技術やセンスでは、プロフェッショナルとして第一線で研究を続けることは難しく、いよいよ研究者の道はあきらめた方がよいと考えるようになりました。

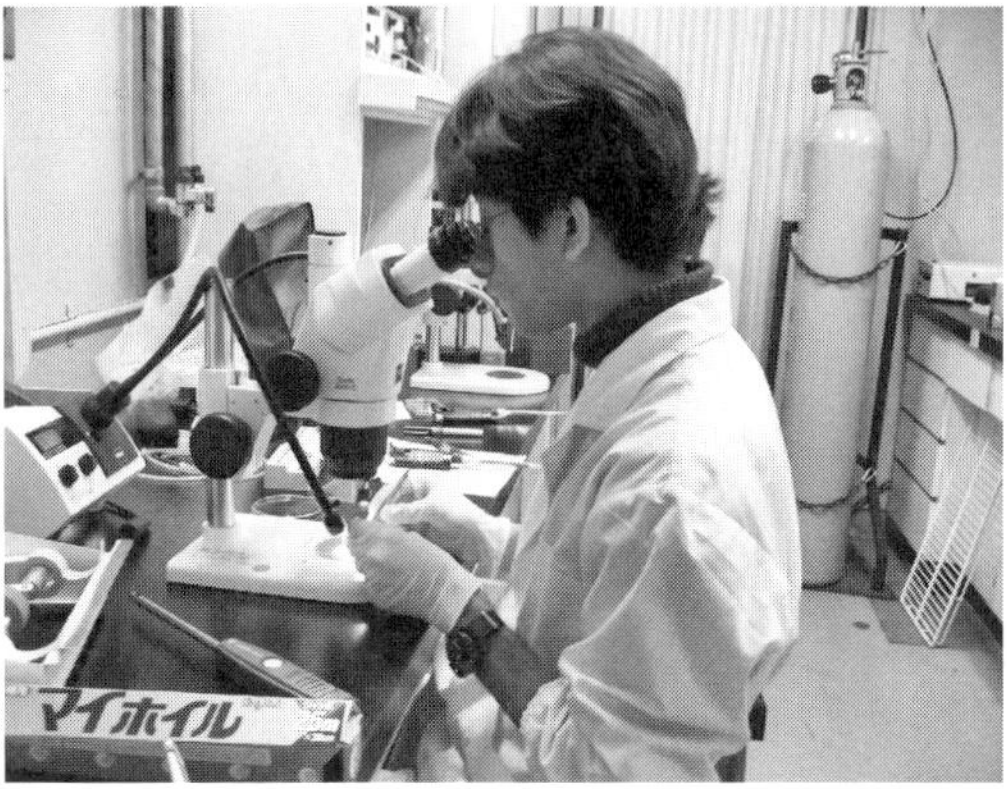

学生時代は、カエルの卵にDNAを注入して、転写されたRNAを調べる実験をしていました。実験が続いた日の夜には、顕微鏡で覗いたカエルの卵の夢を見ることもありました。

一方、研究生活の中でも、文献を読むことは苦にならず、膨大に論文を読み込むのはむしろ得意でした。論文を読むことで、それまでの知識体系を理解することに楽しみを感じていたのです。日々の実験の合間に、文章と接することのできる仕事はないだろうか、とぼんやり考えていました。

とりあえず挑戦

仕事探しに本腰を入れ始めたのは、学位取得の見通しが立ち始めたころです。実は、最初に受けたのは新聞社で、2次面接まで進みました。もしそのまま内定を得ていたら、新聞社に就職していたかもしれません。

その一方、いろいろと調べる中で、インターネットで「知財」や「特許」というキーワードに出会いました。さらに調べてみると、「弁理士」という仕事があること、その仕事には「技術」、「語学」、「法律」の三つが重要であることがわかりました。

このうち「技術」についてはそれまでの研究経験が役立ち、「語学」については、中学・高校のころから得意科目であった英語が使えそうでした。残りは「法律」ですが、法律の知識をもたずに働き始める人も多いことがわかりました。知財の仕事がベストという確信はありませんでしたが、自分にもやれそうだし、とりあえず挑戦しようという気が湧き起こりました。

博士課程4年目の秋にいくつかの特許事務所に応募し、そのうち一つから採用通知が届きました。それまで何年間も展望が見えない状況が続いていたため、学位取得と就職の見通しが立ったときには、大きな安心感がありました。

知財業界に入って12年が経ちますが、今のところ、この仕事は私の性格に合っているようです。進路決定のときに、確信がないまでもとりあえず挑戦しようと決断したことが、結果的によい方向にはたらいたようです。

そして社会人になる

大学院では不規則な生活を続けていたため、社会人生活に慣れるまでにはしばらくかかりました。最初は、朝の通勤時に無数の人が一斉に同じ方向に歩く様子にも圧倒されていました。ビジネスマナーも身についておらず、後から振り返ると恥ずかしくなるようなことも度々ありました。
一方、仕事の内容は、やり出したら面白いものでした。知財の予備知識をほとんどもたずに働き始めたので、最初は知識を吸収するばかりでしたが、それが楽しく感じられたのです。長い間、専門分野の情報にしか触れていなかったことから、未知の分野への興味が高まっていたのかもしれません。

現在の職場の様子。働き始めたのは最近のような気もしてしまいますが、こうしてみると、オフィスで座って仕事するのも板についてきたようです。新型コロナウイルス感染症が流行してからは、在宅勤務も選択できるようになっています。

就職時には28歳を過ぎており、他の人よりり遅れて仕事を始めた、という意識が強くありました。そこで、最初の数年間は仕事を覚えることに注力しました。同時に、早く弁理士になれるように、仕事の後は軽く夕食をとって午後10時まで自習室で勉強するという毎日を過ごしていました。それでも、弁理士として登録するまでには4年を要しました。

弁理士のしごと

弁理士の主な仕事は、特許の取得の代理です。具体的には、顧客（主に、企業の知財部員）からヒアリングした発明内容を書類にまとめて特許庁に出願し、審査官とのやり取りを経て特許を取得します。

特許を取得するためには、発明が新規性（既存技術と差異があること）と進歩性（差異の大きさが顕著であること）を満たす必要があります。通常、特許を出願した後には、特許庁の審査官から、過去の文献を引用して「発明に新規性や進歩性がない」と指摘されます。それに反論するために、引用文献と顧客の発明を詳細に比較することが、時間的にも労力的にも、弁理士の仕事の最も大きな割合を占めます。

また、特許には、権利範囲の広さや、[*1]権利行使のしやすさなどの[*2]バリエーションがあります。その中から、顧客のビジネス形態や費用対効果を踏まえて最適な形の特許に仕上げることも念頭におく必要があります。

出願と権利化の仕事が身についてからは、特許紛争[*3]や鑑定[*4]などの難しい案件にも携わっています。外国語文献の翻訳や先行文献調査などの周辺業務を行うこともあります。

どの仕事を行うにしても、弁理士の仕事はサービス業であることを意識し、顧客には、知財上の課題を解決するうえでの「快適さ」を感じてもらえるように心がけています。

弁理士のよいところ、アカデミアのよいところ

弁理士の仕事の魅力として、まず、人から感謝されることが挙げられます。先に書いた通り、この仕事はサービス業であり、結局は人間相手の仕事です。複雑な案件をわかりやすく説明できたときや、有利な主張材料を提案できたときに顧客から感謝してもらえると、大きなやりがいがあります。

さらに、比較的短期間に満足感をえられるのも、弁理士の仕事のよさの一つです。一つの案件は約2〜3ヶ月で区切りとなり、そのような仕事を常に複数かかえています。予想外の不調に終わることもありますが、手続きを前進させられることの方が多く、日々の仕事に取り組む動機にはなりやすいです。

学生時代に手がけた実験は成功よりも失敗することの方が多く、過去数ヶ月の実験が全て無駄となることもありました。しかも、実験を積み重ねても大きなゴールに到達できるかわかりませんでした。私には、高校時代の夢だけでは、そのフラストレーションに耐えることはできませんでした。

一方、弁理士はあくまでも代理人にすぎないため、最終方針を決定するのは出願人です。弁理士は、専門知識に基づくアドバイスは行えても、真の主役にはなれません。アカデミアでは、予算や任期などの制約があるとしても、自分自身で大きなゴールを設定できます。これは、アカデミアの大きな魅力ではないでしょうか。

なお、弁理士の仕事とアカデミアとで共通しているのは、国際的であるという点です。日本人が国内外で特許を取得するのと同様に、外国人も日本で特許を取得するので、手続きが国境を越えて行き交います。日本の弁理士には、その全てに関与する機会があります。発明の新規性と進歩性も、全世界の既存技術を基準として判断されます。

科学的な真実が最も重視されることも共通しています。アカデミアと同様、知財業界でも、いくら論理的に説明できても、試験結果がなければ相手を説得できません。比較対照試験（特許の世界では「比較例」や「参考例」と呼ばれます）の重要性も同じです。学生時代に比較対照試験の考え方を訓練できていたおかげで、仕事の中でも特にその部分は、当初からすんなりと理解できました。

「三本柱」のその後

知財業務における三本柱、「技術」、「語学」、「法律」の重要性は、おおむね学生時代に予想していた通りでした。

技術の観点では発明者と同程度の知識が必要ですが、私の場合、専門に近いバイオ系の案件は自信をもって対応できています。博士号を取得していれば、顧客から信頼してもらいやすいということもあります。さらに、私の所属事務所は化学の案件が多いため、今ではバイオ系以外に、プラスチック材料などの案件にも対応するようになりました。

語学は、外国の特許庁や弁理士との意思疎通に欠かせません。海外で事業を行う企業は、その国ごとに特許を取得することが多く、私の所属事務所では欧米やアジアの国々への出願も取り扱っています。日本語よりも英語の仕事の方が多い時期もあります。

法律については、既存の知財法は頭に入れておく必要があります。さらに知財法は、産業界からの要請や国際的な流れを受けて、数年おきに改正されます。日本だけではなく外国も含めて、こうした法改正をフォローする必要があります。

これらに加えて、この仕事を続ける中でわかってきたことは、人とのつながりもまた大切だということです。

過去10年間ほどで、弁理士の数は急増しました。その一方、日本における特許出願件数は漸減傾向にあります。弁理士1人当たりの仕事の数が減少し、知財業界は全体的に苦しい状況といわれています。その中で仕事を続けるためには、既存の顧客からの信頼を保つと同時に、新しい顧客の開拓も必要です。関連業界の会合に顔を出して、私や所属事務所を知ってもらえるように努めています。

おわりに

振り返ると、実験が不得手であるにもかかわらず、短期間で満足感を得たいという性格の私には、基礎研究は合っていませんでした。知財の仕事に就いた今は、無理なく自分の力を出せていると感じます（そう思うことで、研究者となる夢をあきらめて転身した自分を納得させているともいえます）。

弁理士にはいろいろな経歴の人がいますが、最も大きな割合を占めるのは企業で研究開発を経験してから弁理士となった人です。アカデミアの経験者はそう多くはありません。アカデミアを経験した弁理士が増えるとさらに多様性が増して、知財業界の活性化にもつながるはずです。

なお、工学系では、企業から大学に移って多くの特許を出願している方がおられます。このように、知財の経験を積んでからアカデミアに戻り、事業化を見据えて研究するというルートにも、注目してよいのではないでしょうか。

アカデミアにいる方の中には、私と同様に、知財の仕事に合う性格の方もおられると思います。私の経験が、転身を考えている方の手がかりになれば幸いです。

（2020年8月）

＊1　広い権利範囲で特許を得ようとするほど審査官からの拒絶は厳しくなりますが、いったん特許を得られれば広い範囲を独占できます。

＊2　発明は大きく「方法の発明」と「物の発明」に分けられます。一般的に前者の方が特許を得やすいですが、第三者が秘密で実施することもありうるため、権利の行使は難しめといえます。

＊3　例えば、自分の特許権に基づきライバル会社の事業を差し止めることや、ライバル会社の特許を無効化すること。

＊4　特許の有効性や、特定の製品が特許権を侵害しているか否かを、中立の立場からコメントすること。

【ふけ・ひろゆき】

1980年生まれ。2008年に京都大学大学院で博士（理学）の学位を取得後、安富国際特許事務所に就職。2012年に弁理士登録。国内外の特許出願代理業務に従事。主に、化学、バイオ、化粧品、医薬等の発明を扱っている。最近の趣味は盆栽。

4　組織をおこす

丸腰博士（理学）の島おこし——ジョブチェンジで人生逆転⁉

須澤佳子
（対馬コノソレ）

東京生まれ、東京育ち。発生生物学分野で学位を取得したものの、自然豊かな暮らしにあこがれて右往左往しているうちに、日本の最果ての島・対馬にたどり着きました。ロールプレイングゲームのような島暮らし10年目、ようやく拠点を構え、対馬の魅力を伝える商品開発に取り組んでいます。

世界が壊されるのが悔しくて

幼いころから父の地元の長野県の山小屋に連れていかれていた私は、物心ついたときから、植物や周囲の自然に興味を持っていました。

私が育ったのは東京都八王子市、「平成狸合戦ぽんぽこ」の舞台にも近い丘陵地帯です。ウサギやキジが走るほど、自然も豊かな場所でした。

小学生のころの私は、毎日のように友達や妹たちと山の中を走り回り、木や竹で秘密基地を作ったり、湧き水の沢すべりをしたりして遊んでいましたが、残念ながら宅地開発により、自然豊かな遊び場はきれいさっぱり消えてしまいました。お金にならないと判断された山が切り崩されてしまうという現実に、子どもながらに大きなショックを受けました。

1987年、利根川進先生がノーベル賞を受賞されたとき、テレビに映った副賞のメダルの輝きが忘れられず、自分も科学者になってノーベル賞をとりたい、そして自然と世界を守りたい、と思うようになりました。そして漠然と、植物を使って環境を直す仕事がしたいと思うようになったのです。

私の実家は裕福ではなかったので、自宅から通えて農学部のある東京大学理科Ⅱ類に入学し、奨学金をもらってアルバイトをしながら通いました。

学部時代は、農学部の植物病理学研究室でイネいもち病のウイルスをテーマに卒論を書きましたが、対象がミクロに寄りすぎたのでしょうか、あれだけ好きだった植物への興味はうすれてしまいました。代わりに、当時流行りのバイオベンチャーと再生医療への興味が増して、大学院からは理学系研究科の動物学専攻に移り、アフリカツメガエルの受精卵の全能性について研究することになりました。

なんとか学位はとれましたが、そのころにはすっかり、アカデミックに残る選択肢はなくなっていました。「自分で手を動かしてできた成果は、紙(論文)ではなく、モノにして、お客さんに楽しんでほしい」と思うようになったからです。

健康食品会社で、商品開発の修行を積む

博士課程を修了するにあたって、一般企業への就職を考えたのですが、もともと研究職に興味がうすいため、1次面接すらなかなか通りません。しかし、就活戦線も終盤に差し掛かったころ、ようや

く、全身に電撃が走るような企業に出会えました。

佐賀県鳥栖市で、有機栽培から商品の製造・企画開発まで手掛ける健康食品の会社でした。「台風の中、麦畑が心配で車を走らせた」という先輩社員の体験談が印象に残っています。自然に向き合い挑戦し続ける仕事に運命的なものを感じ、ご縁をいただいて入社。2007年のことで、この就職に際して初めて東京を離れました。

この会社で、いままで興味のあった植物・健康(治療)・科学がすべてつながり、広告やパッケージデザインまで考えることができました。商品開発部門にて4年間、たくさんのことを学ばせていただき、人生で初めて、尊敬できる人たち(上司や同僚)にも出会うことができました。

全国の大手企業を相手に企画提案をしていく中で、ご当地のもの・そこにしかないもの・こだわりの産物の価値(特に、島や村のご当地産品の高い付加価値)を知りました。大手さんがこぞって「○○村の△△さんの作るキノコは入手できないか」とか、「○○島の素材を入れてライバル企業と差別化したい」などと言い出すので、面白くてたまりません。そこに、学術的な文献で根拠を見つけ、意味づけをして企画を作っていきます。クライアントからは「○○県縛り」でサプリメントを提案してくれ、という依頼もあり、熊本県や鹿児島県については企画が実現しましたが、「長崎県縛り」の依頼だけは、素材がなくて応えられませんでした。

素材の宝庫、対馬との出会い

そんな中、2011年の1月に、大学時代のメーリングリストで「長崎のとある島で、薬草担当を募集している」という話が回ってきました。ここで私は、初めて対馬の存在を知ったのです。「長崎県の島の健康食品素材を開発できたら面白いかもしれない」と思い、激務の息抜きもかねて偵察に行きました。

対馬に滞在中、南部の宿坊と北部の自然農園でそれぞれ一泊しつつ、島中を案内していただきました。深く澄んだ海から急な崖がそびえたち、豊富な自然植生が残された森がある。大学時代に愛して通った西伊豆にそっくりな環境で、海が伊豆よりきれい。なにより、ほとんど世間に知られておらず、まだ何も始まっていない感じがあり、私でも何かできるのではないかと期待が高まりました。

自然農園での暮らしは、「百姓」の言葉にあるとおり、海のことも山のこともしながら、家畜を育て野菜を作り蜂蜜をとる、というものでした。自然とともにある暮らし。とても、心惹かれました。会社を辞める気はなかったものの、対馬の職に応募してみました。

今じゃない、でも今しかない

2011年3月10日、対馬の職の最終面接がありました。そしてその翌日、3・11（東日本大震災）が発生します。製造現場では、原料から包装資材まで、予想もしなかったようなものが東日本で作られていたことが浮き彫りになり、それらの調達ルートがひっくり返りました。原料の安全性の面からも、稼働可能な工場が多いという意味でも、世間の意識は一気に西日本に向かいます。「このままでは日本が終わってしまう」という危機感の中で、対馬から合格の知らせが届きました。対馬市の地域おこし協力隊[*1]の、任期3年の仕事です。

当時は、奨学金を200万円まとめて返済した直後で、貯金もありませんでした。卒業時は1000万円に近かった奨学金の返済残高は、その返済で600万円くらいに減ったとはいえ、完済にはまだ遠い額です。完済後に結婚したいと思っていた彼がいたこともあり、対馬に行けば給料は3分の1近くに減るので非常に悩みました。

しかし、幼いころからずっとやりたかった「自然をいかす仕事ができそうな田舎」への切符です。いつかと望んでいたけど今じゃない。でも、日本を救うには今しかない。西の果てにある対馬の可能性を活かしたくて、日本のためになにかしたくて、対馬への移住を決意しました。とても、とても悩んだ末の決断でした。

仕事も大好きだったため、会社を辞めたくなくて号泣しました。上司からは、「この忙しい時に第一線を抜けるのであれば、絶対3年は帰ってくるな、やり遂げろ」と言ってもらい、送り出されました。

話が違う……からの奮闘

ところが、いざ対馬に着任すると、配属された市役所の支所で薬草担当を提唱した部長はすでに異動しており、受け入れてくれた職員のみなさんも困惑気味で、放り出された私は、何をすればいいのか全くわからない状態。よくよく聞いてみると、薬草開発に使える予算も、加工場を作ったりするには全く足りず、年に200万円ほどしかないという惨状でした。

手元にあるのは、車とパソコンのみ。私は、自分にできることを探してがむしゃらに動きはじめました。

民間と行政の違いに苦しみながら、周りでなにか収穫があると聞けば見に行き、地元のお家にずうずうしく遊びに行き、おじちゃんおばちゃんからたくさんヒアリングをし、対馬の植物資源の状況や加工場、事業者の情報を調査し、昔の研究仲間から論文を取り寄せたりもして、私にできることを探しました。市役所職員の規定にはまらない動き方をする私を好奇の目で見る人も多かったのですが、当時の対馬市長の「自由に、思い通りにやりなさい」という言葉には本当に助けられました。協力隊員になってから、全国各地の地域おこしに携わる方々ともつながり、人生の師匠がたくさん増えました。

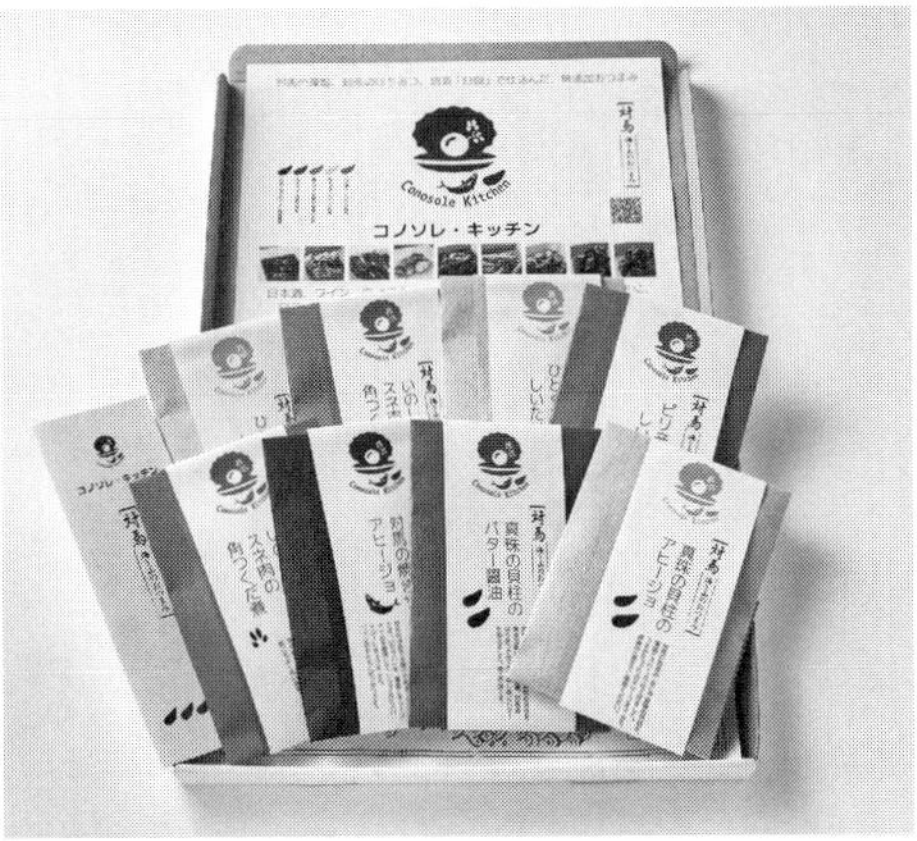

「コノソレ・キッチン　海と山のおつまみ」シリーズ。対馬の海と山の食材をふんだんに使い、藻塩や対馬のはちみつで味付けをした無添加おつまみで、対馬の魅力が詰まっています。このシリーズが作り続けられるということは、対馬の海と山が豊かであり続けている証拠。つまりこのシリーズは、対馬の未来につながっています。提供：対馬観光物産協会。

対馬に足りないものと今ある資源を結びつけ、「捨てられかけていたブルーベリーの利活用」としてご当地アイス・ご当地サイダーを作ったり、在来そばの葉で青汁開発をスタートさせたりと、対馬を盛り上げるさまざまな商品づくりを始めました。

先述のように、協力隊の任期は

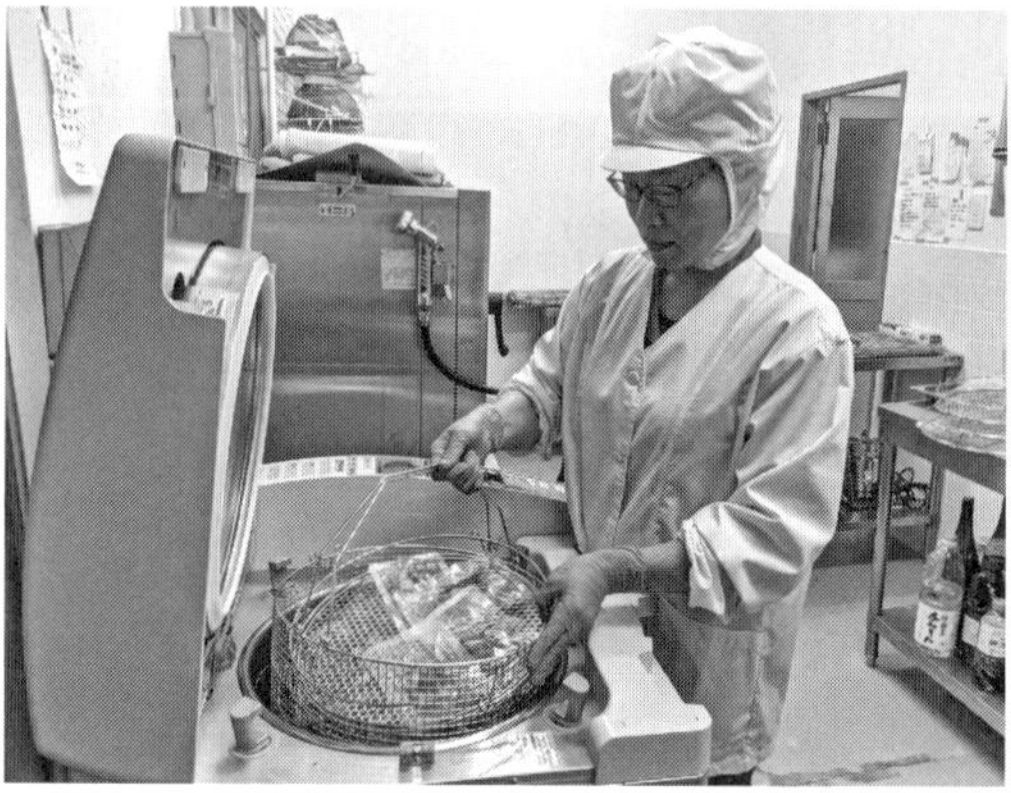

2020年3月に事務所を移転して、農林水産加工基地を作りました。これはそうざい加工室内の小型レトルト釜。対馬の未利用食材をなんでも美味しく加工できる、とっても頼もしい相棒です。提供：株式会社コノソレ natural factory。

3年間です。任期後に自活できる仕組みを作らねばならなかったので、在任中から地元の若者と、地域おこし団体「對馬次世代協議会（通称：対馬コノソレ）」を設立、ご当地産品の原料の栽培から商品の製造・販売まで手がけ、任期を終える時期にはNPO法人化して独立しました。2017年には、通信販売の株式会社を分社化。いまは地元の若いお母さんたちをスタッフとして育てながら、これらの2法人を運営しています。また独立してからは、対馬のニホンミツバチのはちみつ団体の運営にも関わらせてもらいました。気がつけば、すっかり対馬に根を下ろすようになっていました。（移住当時に付き合っていた彼には我慢してもらって、対馬―名古屋の遠距離別居の結婚生活を継続中です。）

健康食品業界は少し遠のいてしまいましたが、例えばそばの葉の青汁に含まれるルチンの効能はかなりのもので、機能性食品にもなりそうなほどですし、昨年導入したレトルト釜でつくる「海と山のおつまみ」や「ジビエ肉のパウチ」も大好評で、対馬の可能性に日々驚いています。私たちが頑張ることで、一次産業従事者が助けられ、生産環境がすこしでも守られるなら、物心ついたころに目指した「自然をつかった世直し」ができているのではないかと感じています。会社が軌道に乗るまでにはまだまだかかりそうですが、研究をかじりながらのモノづくりと、海に近い田舎暮らし、たまに都会に物販に行く生活は、これまで生きてきた中で一番、性に合っているかもしれません。なにより、少しでも地域社会の役に立てているという感覚は、なかなか都会では味わえません。

研究室時代は迷ってばかりの私でしたが、ようやく見つけた今の生き方に、もう迷いはありません。地域の子どもたちを育て、対馬の自然環境を次の世代につなげるため、私たちの団体を、地元の人に頼られ愛される地場産業のかなめとなるよう成長させていきます。

僻地への移住のすすめ

アカデミアを離れての就職先は、研究職が多いかと思いますが、対馬のような僻地にも、専門知識を生かした活躍の場はたくさんあります。私が対馬で立ち上げた企画についていえば、そのすべてにおいて、会社員時代に身につけた商品開発の力のみならず、大学院時代に培った、データを読み解く力、実験を繰り返す忍耐力、研究仲間とのつながりが生きています。しかし、地域の仕事は報酬額が低いことが多く、奨学金を返せるだけの余裕が全くありません。(現に、私も私財のすべてを事業に投じています。コロナ禍でますます財政は厳しい状況ですが、周りの支えもあり、何とか乗り切れそうです。)

旧日本育英会の奨学金返還免除職には教職などがありましたが、僻地での活躍を希望する人にも、奨学金の返還免除……とまではいきませんが、税金を控除したり資金援助をしてもらえたりするしくみがあったらいいのに、と切に思います。そんなしくみがあったら、高収入の都市部の企業や研究機関だけを就職先として選ぶのでなく、私のような生き方をする研究者も増えやすくなるのではないでしょうか。

地域に研究経験者が根を下ろすのは素晴らしいことです。学問が届きにくいところにもアカデミックの芽が生まれ、地域の活力にもつながります。そもそも僻地にとって、人ひとり増えるということが、どれほどの力になることか。

今は、ひとところの大学に所属しなくても、2拠点3拠点で研究が続けられる時代です。在野の研究者が増え、人手不足の僻地の力になり、各地域の自活力が高まり、ひいては日本自体が強くなっていくことを願ってやみません。

（談、2021年1月　編集協力＝鍵本紘樹）

＊1　都市地域から過疎地域などに住民票を異動し、生活の拠点を移した者を、地方公共団体が「地域おこし協力隊員」として委嘱する制度。隊員は地域に居住し、さまざまな「地域協力活動」を行う。隊員の活動経費などは、総務省からそれぞれの地方公共団体へ交付される。対馬市では「島おこし協働隊」として制度化されている。

【すざわ・けいこ】

1978年東京生まれ。東京大学農学部卒業、東京大学大学院理学系研究科博士課程修了。博

士（理学）。2007年、株式会社東洋新薬に入社、製造事業推進部配属。2011年に対馬市島おこし協働隊1期生（薬草担当）として着任。翌年、任意団体「對馬次世代協議会（通称：対馬コノソレ）」を設立し、2014年にこれを法人化。2017年には通販会社「株式会社コノソレnatural factory」を設立。現在、特定非営利活動法人對馬次世代協議会理事長、株式会社コノソレnatural factory代表取締役。対馬の地域素材を最大限に活用した商品づくりと島外への対馬PR、そして外貨獲得に向けて、地元の人材を育成中。

脳科学者、AI起業家になる

金井良太
（株式会社アラヤ）

脳で起業、AIへ

２０１３年12月に起業しました。それまでは、英国サセックス大学の准教授として、認知神経科学からのアプローチによる意識の研究などをしていました。

起業にはいろいろな理由がありましたが、一ついえるのは、サイエンスをやるうえでデータが必要だったということです。

起業当時は、たとえば脳から人の能力を見抜くとか、そういうことをやりたいと思っていました。とはいえ、それにはデータが圧倒的に足りていないと実感していました。大学の研究室でデータを集めるといっても、数百人分がせいぜいです。本格的にやるのであれば、数万人分くらいは必要になるのですが、それだけのデータをアカデミアで集めるのは、普通のやりかたではまずできません。

ならば、全然違うやりかたで、勝手にデータが集まる仕組みを作れないか――こう考えたことが、起業の一つのきっかけです。

とはいえ、実際には、その目論見はうまくいきませんでした。会社を作るというのは、想像以上に難しいことで、自分自身にも全然わかっていなかった。目論見を実現するための経験がなかったのです。

それが、5年以上全力でやっていて、組織の規模の感覚と、自分自身の経験が身についてきて、やっと、やれるな、と思い直したようなところがあります。

＊

海外のアカデミアにいたのに日本で起業したのは、一つには、日本に住んでみたかったからです(大学を出てから日本に住んでいなかったので)。また、契約書を交わすのも、資金調達も、日本でやるほうがビジネス初心者には簡単そうだ、というのもありました。

さらに、脳の画像データが大量にあるのは日本だけだった、というのも理由の一つです。脳ドック、つまり、健康な人が予防のためにMRI(核磁気共鳴画像法)検査をするというシステムがあるのは、基本的に日本だけだからです。

脳画像から性格を判断するというのは、医療行為ではないので、やりやすいだろうと。そこを起点として病気を予測する技術を生み出していこうと思っていました。

当初は、性格判断を脳ドックのオプションにしてもらおうと思っていました。脳ドックを受けて、プラスアルファで、性格判断の結果が占いのように出てくる。そうして集まったデータをゆくゆくは予防医療の目的で使わせてもらえないかと考えていて、一時、サービスの提供もしていました。

とはいえ、脳のイメージングからはいったん手を引きました。脳をビジネスにするのは時間がかかると感じたのです。

ベンチャーキャピタルに資金調達の相談にいくと、「もう少しこういうふうにしたらどう?」などという誘導が毎回のようにありました。たしかにそれは儲かるかもしれないけれど、でも別にやりたいことでもなかったり……。それでは、もともと目指していた、もう少し大きな目標に向かって全然進まないだろう、という葛藤がありました。

もう一つ難しかったのは、ビジネスの出口が、予防医療のように医療寄りであったことです。難易度は高いので、基本的には多額の資金が必要で、長期的な展望のもとに取り組みたいのですが、実際には、短期的な利益ばかりが要求されるのです。何かがおかしいなと。そのころから、AIの仕事を手がけるようになりました。

AI自体にも興味がありましたが、そもそも、脳の画像を分析して、性格判断をするまでの過程で、機械学習を使っていました。ディープラーニングなども、当時すでにかなり使われていて、自動車メーカーなどにそのことを話すと、興味をもってもらえました。それをきっかけに、少し幅広くディープラーニングなどをやるようになったのです。2016年のことでした。まだAIを標榜する競合他社が比較的少なかったころなので、タイミングはすごくよかったと思います。やる人がまだ少なく、仕事はたくさんありました。

苦しかった時期

起業してしばらくは、すごく難しいところもありました。

最初の1～2年は面白いし、やる気もあるから、やっていけるのです。とはいえ、会社の社長は、辞表を出してやめたりできません。責任も重大です。ベンチャーキャピタルから投資を受けたら、最大限の力を発揮しなくてはいけません。

自分自身の興味ある研究をするために起業したのに、一方では売上げを伸ばさないといけない。すごく苦しかった時期もありました。アカデミアから外に出るときに、こうした苦しみは必ずあるのではないでしょうか。

また、経営の基盤を作るのも大変でした。たいていの研究者は、経費精算など、事務方とのインタラクションをあまり好まないのではないでしょうか。それが起業となると、むしろ自分で経費精算の仕組みを作らなければいけないなど、さらに大変になってきます。あまり好きではないことを、やらざるを得ない場面がたくさんあるのです。

営業もあります。大学で研究していると、営業にいくことはなかなかないと思いますが……。営業先はたとえば、重機の会社や建設会社、ゲーム会社、自動車会社、スマホを作っている会社など、際限なくあります。

いまは、研究も経営も、両方やりたいようにやれていて、自分がやりたいことをやるための場所を、やっと確立できたと思っています。営業も、実はそこで得られる知識もかなりあって、楽しんでやっています。

社員は、基本的にはエンジニアが多いです。大手メーカーを経て、中途採用で来る人が多い。50人ぐらいいて、13人のPh.D.がいます。Ph.D.ホルダーの就職先がないということが話題になりますが、アラヤでは研究の経験や実績のある人を積極的に採用しています。素粒子物理出身の人などもいます。

面白ければやってしまおう

いまは、会社としては、ＡＩとか脳科学とかにこだわらず、将来の世界を作るための技術であればなんでもやろうという形でやっています。面白ければやってしまおう、という感じです。

まずは、ちゃんと稼ぐため、ディープラーニングのソリューションを手掛けたり、あらゆるディープラーニングの計算を軽くして、チップにのせることができる「エッジＡＩ」の技術を開発したりしています。

一方で、挑戦的なこともしています。基礎研究もしているほか、基礎研究と応用研究をつなぐものとして、深層強化学習*1も手掛けています。深層強化学習はＡＩの研究で話題にはなるのですが、事業においては、まだまだ使われていません。それを有効に使っていこうと。

たとえば、クレーン車を深層強化学習で制御するアプリケーションを作ったりしています。クレーン車の制御には職人技的なところがあって、持ち上げたものを横に移動させるとき、ちょっと上に引っ張ったりして、揺れすぎないよう工夫したりしています。そうしたことを、機械に学習させるのです。

社内で基礎研究をしている人たちは、ＡＩにも使える数学を作っているというイメージです。ＡＩと環境とのインタラクションを情報理論的に記述したり、意識と知能の関係を研究したりしています。

そして応用方面をやっている人たちが、ニューラルネットワークを実際に作っているのです。

研究とビジネスと

結局のところ、研究であれビジネスであれ、仕事は共通していると思います。研究するのも、会社の中で物を作ったり、お客さんと接したりするのも、いずれも、まず目的があって、複雑な人間社会の中をかき分けて、そこにたどり着くゲームのようなものではないでしょうか。ただ、目的が面白いものだと思えていないとやっていけません。

研究は面白いからずっとやっていたい、と思うタイプの方もいるでしょう。一方、ビジネスの場合、最後には結局「これはいくらの価値のあるプロジェクトだった」みたいな感じになり、それは、研究で得られる面白さとは別かもしれません。とはいえ、面白いと思えたらいいのです。ちゃんと利益になったりするほうが嬉しい、と思う人もいるでしょう。肝心なのは最終目標が面白いと思えるかどうかで、両者のプロセスは基本的には同じだと思います。

みんなやったらいいのに

アカデミアから出ての起業は、もっとみんなやったらいいと思います。特に日本だと、アカデミアのお給料が低い。稼ぎを増やすのにもいいし、自由になるし、いいと思います。大変なので、迂闊に勧めてはいけないとは思いますが。

起業したいと相談にくる人はけっこういて、やればいいのにと思うのですが、結局やらないようです。始め方がわからないのかもしれません。大学の研究室を維持しながら会社経営もやろうとする研究者の方は多いですが、本気度が感じられないというか、中途半端だなと。やるなら本気でやったほうがよいと思います。

始めるには、とりあえず行動してみることでしょうか。

綿密に計画を立てて、その通りにやっていこうと思っても、そこまで計算しきれるものではありません。できるだけ情報を仕入れて、準備しておくことは大事だとは思いますが、万全には絶対にならないのです。その状態で動き出せるかどうかというのは、すごく大事なことだと思います。

自分の場合、まだアカデミアにいるころに、「なんとなく興味があるな」と感じたのが最初でした。ある程度話が進んできたら、会社がまだない状態で、資金調達について話をしたりしていて、早く会社を作らないと話が進まないような状況になっていました。

個人的には、会社がなくなったらいつでも大学には戻れると思っていたので、踏ん切りをつけやすかったというのもあります。むしろこういう経験をしたほうが、またいろいろな選択肢ができてよいのかなと。実際、お誘いはたくさんあります。

それに、前述のように、この会社自体がかなりアカデミックな場になっています。完全にアカデミックな研究も行われていますし、論文も出ています。

たとえば、2019年3月まで在籍されていた大泉匡史さんは、もともと統合情報理論[*2]の研究をされていました。この会社ではマネージャ、つまり研究のマネジメントをする立場でしたが、そこで論文をどんどん出して、いまは東京大学の准教授として、アカデミアに戻っています。

これが、我々が作りたかった例の一つです。会社の中で研究をして、論文を出して、またアカデミアに帰っていく人もどんどん出てきてほしい。そういう空間を作っていきたいと思います。

（談、2020年5月）

＊1　深層ニューラルネットワークを適用した強化学習。
＊2　意識の量と質を、ネットワークの中の情報と統合という観点から数学的に定量化しようとする試み。

【かない・りょうた】
1977年生まれ。京都大学理学部生物物理学科を卒業後、オランダのユトレヒト大学で実験心理学Ph.D.取得。カリフォルニア工科大学にて、下條信輔教授のもとで視覚経験と時間感覚の研究に従事。ユニバーシティ・カレッジ・ロンドン（UCL）リサーチアソシエイト、英国サセックス大学サックラー意識研究センター准教授を経て、2013年12月に株式会社アラヤを起業。主な研究テーマは、認知神経科学からのアプローチによる意識研究と、脳科学の現実世界への応用技術の開発。著書に『脳に刻まれたモラルの起源』（岩波科学ライブラリー）など。

ベンチャーキャピタリストという道

宇佐美篤
（東京大学エッジキャピタルパートナーズ（UTEC））

私の今の所属先であるUTECは、国内外の大学や研究機関で開発された先端技術に基づくベンチャー企業への投資、起業や経営の支援を行うベンチャーキャピタルです。私は薬学系研究科で博士号を取得した後、民間のシンクタンク・コンサルティング企業である三菱総合研究所（以下、三菱総研）を経て転職し、現在の職場ではベンチャーキャピタリストとして働いています。

研究室の外の世界を見てみたら

大学院では脳の研究をし、もともとは研究者を志していました。しかし、アカデミアに残らず、民間就職の道を選んだのには、（マウスで実験するうちに、マウスアレルギーになってしまったこともあるのですが）大学院博士課程のときに経験した二つのインターンが大きく影響しています。

まず、東京大学大学院の医学系研究科で病院実習を経験しました。実習先の講座の笠井清登教授は、若いころ、脳の活動や脳波の状態を血圧のように数値化し、それをもとに、うつや統合失調症など判別が難しい病気を簡便な形で判別できるような機械の開発に着手されていました。私の研修のタイミングが、その機械がちょうど先進医療として東大病院の臨床で導入されたときだったのですが、機器開発に着手された当時は、学内にベンチャーを創業したり、育成したりする環境が十分にはなかったために、機器を世に出すときに非常に苦労されたというのです。また、研修中にはその他にも、たった一つの薬が病気の当事者の方々の症状を劇的に改善する様子などにも触れました。普段、脳の基礎研究をしている、そのすぐ近くで、臨床現場では技術、製品が多くの人々を救い、現場を大きく変えようとしている、ただ、その技術が社会実装される際には大きな課題がある。なんとかそういうところで自分が貢献できないか、と感じました。

その後、現在の所属先であるＵＴＥＣでもインターンを経験しました。博士課程で研究も大変だったはずなのですが、早朝から起業やビジネスに関わるレクチャーを受け、ある技術やサービスが、ベンチャーキャピタルを含むさまざまなプレイヤーを巻き込んで社会実装されていくという、ベンチャーのエコシステムの存在を学ぶことができました。さらに、東大を中心に、アカデミアで開発された過去10年の先端的な技術をざっと探索して、起業できそうなものはあるかを調べたりもしました。こうした経験を通して、研究者ではなくとも、研究の最前線で、社会実装に立ち会える仕事があるのだと気づきました。

ただ、当時ＵＴＥＣでは新卒採用をしていなかったので、先端技術の実装に関わる政策提言や、技術に基づいた事業戦略立案の支援を行う三菱総研に就職することにしました。当時所属していた研究室の出身者には、いろいろな進路を選択した方がいて、シンクタンク[*1]やコンサルティング業界[*2]もわりと身近にあったのです。

博士、ビジネスの最前線へ

それまでの研究の世界はかなり細分化されていて、たとえば神経科学といっても、脳のどの部位でどういうメカニズムでどういう分子で……などという、かなり細かなところを、より深めていくような世界だったように思います。

それが、いざシンクタンク・コンサルの世界に入ってみると、まず、時間が限られています。1ヶ月とか、3ヶ月とか、相当短い期間の中で、収集できる最大限の情報を取得して、経営や事業の意思決定をしなければならなかったりします。それほどの短期間で、その分野の最先端まで、大まかにでも一気にキャッチアップした上で、顧客に対して新たなバリューを提供しなければならない。そこに衝撃を受けました。

さらに、当時、三菱総研の中で、ライフサイエンス分野で博士号をもっている若手は、周りを見回しても私しかいませんでした。専門性をもっていたためか、入社して早々に前線へと投入されました。新人研修が終わって、部署に配属された初日から「企画書かいて」と、いきなり前線に立たされるという……。「この技術が普及すれば、きっとこういうアプリケーションが今後求められるから、今からプロジェクトを提案しにいこう」と。ただし、「博士号を取得したからといって、これまでの知識や経験にしがみついて目の前の作業に埋没してはいけない。10年後にどうなっていたいかをよく考え、行動するように」とも。当時のメンターの言葉には大変感謝しています。

こうして始まった三菱総研の仕事ですが、主に二つの業務がありました。官公庁への政策提言の支援、すなわちシンクタンク業務が一つ。もう一つが、クライアントの各企業への事業戦略立案や経営判断の支援、つまりコンサルティング業務です。

一つめの方は、細胞治療や再生医療の開発が進む、まさにそのタイミングでしたので、国内外の100人以上のアカデミアや産業界のキーパーソンから意見を集約して、政策提言としてまとめる、というようなことをしました。

一方、企業に対して、私が主に手掛けていたのは、技術動向の調査や社内技術の分析を行って新規事業を立案し、事業化の際に伴走していく、というものでした。もともとのバックグラウンドが薬学でしたので、製薬メーカーや、これから医療の分野に進みたい機器メーカーなど、ライフサイエンス周りでさまざまな分野の企業に対して提案をしていました。今、その業界や周辺でどういう技術的なトレンドがあり、それと社内の技術リソースとをつき合わせたときに、どういう事業が新しくできそうか。いったん、そうした技術レベルでの精査を終えた後に、事業レベルで財務計画にまで落としていくような仕事をしていました。

ベンチャーキャピタルへ

その後、現在の所属先であるＵＴＥＣに転職することになります。

ベンチャーキャピタルというのは、投資家の方々からお金をお預かりし、ファンドを組成したうえで、ベンチャー企業に投資をしていきます。投資によって株式を取得し、投資先企業の企業価値を向上させるべく努めます。その投資先企業の株式上場やM&Aに際して、株式を売却することでリターンを得て、その実績を投資家に示すことで、さらに次のファンドを立ち上げていくという形です。

ちょうどUTECが三つめのファンドを立ち上げようとしていた7年前に、過去にインターンをしていたご縁で参画しませんかと声をかけていただきました。当時、私は三菱総研で、特に技術まわりの事業化、産業化の仕事に関わっていましたが、より最先端の技術の事業化、社会実装に携わってみたいという思いが強くなってきていましたので、ぜひ、ということで転職しました。

とはいえ、前職での仕事と現在の仕事は、いずれも技術に基づいて新事業を作っていくというもので、けっこう近い面もありました。前職でも実際に新会社設立案件があり、クライアントに代わって私の方で事業計画書を作り、提携候補先の事業会社を回って、資金を募り、新会社を作る……ということもやっていました。

ただ、技術の情報の鮮度が違います。UTECは東大のキャンパスの中にありますが、たとえば東大では、研究者による発明レポートが、年間数百件提出されます。その中で、起業や事業化に関心のある研究者とディスカッションさせていただく機会が多々あります。さらに東大に限らず、国内外の大学の研究者からも、特許庁に特許出願をしていく前段階から、その後の事業化の可能性についてご相談を受けることがあります。一緒になって知財化に努め、事業計画を立ててチームビルディングし、起業していきます。世界最先端のホットな技術情報に、より身近な形で日々触れることができるというのが、前職との大きな違いです。

息長く、ともに歩む

ＵＴＥＣはベンチャーキャピタルの中でも特殊な方で、お金だけ投資して終わりというわけではありません。創業や投資の前から、研究者や起業家候補の方々と日々コミュニケーションし、事業計画、そして会社を一緒になって作って、投資をさせていただきます。会社の設立後も一緒に営業して、さらに5年、10年ともに歩むというような、とても息が長い仕事をしています。何年もかけて、その事業を一緒になって成長させていくところに関われるため、やりがいも大きいです。また、先端技術に基づいて世界的な人類レベルの課題を解決し、社会を変革していくという気概をもった国内外の起業家、研究者らとともに仕事ができる環境も、とても刺激的です。

大学の研究者の方より、発明や事業のアイデアが浮かぶ前段階から相談を受ける、もしくは私の方からコンタクトを行うケースも多いため、相手方は、初めは研究者1人、ないしは数名しかいないこともあります。ではどうやって会社を作っていくかというと、研究者と投資担当者とともに、ＵＴＥＣに在籍するベンチャーパートナーという弁理士や会計士、弁護士、医師など専門家人材とでチームを作って、たとえば週1回以上の頻度で事業化に向けた打ち合わせを行って、日々コミュニケーションをとりながら、事業計画のたたき台を作ります。さらに、「もし会社を作ったら、参画に興味はありませんか」と声掛けする形で、研究者と一緒になって、経営者候補の方々も探していきます。

最初の相談から起業までに、わずか半年というケースもあれば、5～6年というケースもあります。ただし、それがまだスタートラインなのです！　技術だけよくても事業は成功しませんし、短期的な売り上げだけ立てばいいというわけではありません。事業開発、研究開発、法務、知財、管理、製造、品質管理など、さまざまな点にきめ細かく対応しながら、事業を継続的に成長させていきます。

結果として、いまでは10社以上の社外取締役などを務めています。この2年間で2社、共同創業もしました。イノベーションのために、共同創業、共同事業化をしていくというのが、私たちのスタイルです。

兆しをとらえる

初めて起業に取り組む場合、事業化の進め方や行く末がよく見えていない中で開発を進めているケースもありますし、事業を進める中で、頭では理解していても、実際に当事者になると状況判断がうまくできずに失敗してしまうケースもあります。

たとえば、研究成果をもとにある機器を作って販売しようとしていて、製品開発は非常に順調に進んでいたとしましょう。では、開発終了後、それを実際に売るとなったときの、売り方、販売網の構築、輸送や保管はどうするのか。さらに、実際に社会で使用される段になると、画一化された環境ではない中でそれらのばらつきの条件をどうコントロールするかなど、課題や問題が次々と出てきます。製品開発がうまく進んできたといっても、製品の市場投入時に、小さなバグを洗い出さず、製品開発の勢いで一気に事業展開を広げてしまうと、順調だった開発から状況は一転してしまいます。

これまで、UTECとしても個人としても、さまざまな事業や分野で経験を重ねる中で、成功とともに、数多くの失敗も体験してきました。「こういう状況になったら失敗する」ということは、分野を問わず、失敗するかなり前の段階から気づくことも多いのです。

そこで私たちは、とれるリスクはきちんととりながらも、とらなくていい失敗のリスクは未然に排除するという姿勢で取り組んでいます。事業の失敗の兆しが出た直後、もしくは出る前段階から、それを防いでいくのです。兆しが出るよりかなり前の段階から動くことも多いため、起業家や研究者の方々から理解されないケースも出てきますが、そこはきちんとご説明をして、よりよい方向へとチームで歩めるよう、議論を戦わせたりすることもあります。

つながりのその先に

研究者には、物事の現象やメカニズムを、世界で初めて知ることができる喜びがあります。それがビジネスの世界になると、それを初めて社会で実装させるプレイヤーになるかどうか、という面があります。キャピタリストや起業家は、最先端の技術の事業化に関わることができる。それはかなりエキサイティングです。

さらに、ベンチャーキャピタリストは起業家と違い、ある一つの技術やサービスの提供にとどまらず、複数の異なる技術やサービスに関わることで、それらの強みを組み合わせた場合に、産業レベルでの変革を起こすきっかけ作りに関わることもできます。投資テーマをもって活動していくと、そこに関わる複数の技術や会社で、初めて一気通貫な枠組みができることにも立ち会うケースがあります。それぞれの強みを活かせれば、世界で初めての取り組み、チャレンジを行うことができる場合もあります。

現在の活動としては、東大に軸足は置きつつも、同時に国内外で、インドやアメリカなど海外の大学・研究機関発の技術の事業化にも関わっており、海外と日本とをつなげる活動もしています。研究者の場合の、国際学会で発表して、交流が生まれ、新たな共同研究が生まれ……というのと同じような展開が、ビジネスの世界でもできる、そしてキャピタリストとしてそうした出会いの場を作れるというのは非常に楽しいです。

ベンチャーキャピタルというと、金融の分野の仕事であり、一見、理系の博士号とは関係なさそうですが、先端技術の事業化に取り組むベンチャーに投資を行う海外のベンチャーキャピタルでは博士号を取得しているメンバーが比較的多く、UTECでも、投資担当者のうち半分は博士号をもっています。博士号とMBAの双方をもっていたり、働きながら社会人博士を取得したりしたメンバーもいます。

自分自身、博士号をもっていてよかったかといえば、確実にそう思います。まず、アカデミアで培った専門知識を活かすことができます。しかも、博士号をもったベンチャーキャピタリストは日本では少なく、バックグラウンドがライフサイエンスの人となると、私が7年前にこの業界に入ったときには、上の世代も含め、全国で数えるほどしかいないという状況でした。もしこの分野にチャレンジされる方がいらっしゃれば、今後も活躍の場は数多くあるように思います。アカデミアでの専門知識をもとに、一企業の成長だけではなく、技術の市場化、産業化にまで関わりたい——そのような志をもつ方がいれば、ぜひこの分野に飛び込んできていただけることを期待していますし、将来一緒にお仕事ができることを楽しみにしています。

（談、2020年7月）

＊1　調査研究や分析に基づき、主に政策提言をする機関。
＊2　一般企業の経営課題に対する解決策を示すなどして、その経営を支援すること。

【うさみ・あつし】

1983年生まれ。東京大学大学院薬学系研究科生命薬学専攻にて、博士号取得、薬剤師。三菱総合研究所を経て、2013年よりUTECに参画、現在取締役・パートナー。Repertoire Genesis、五稜化薬、エディットフォース、ミルテル、bitBiome、OriCiro Genomicsなど投資先10社以上の社外取締役などを兼任。JST START事業プロモーターや、(一社)ライフサイエンス・イノベーション・ネットワーク・ジャパン(LINK-J)のサポーターなどを務める。

〈特別編〉

環境社会学者、政界へ——嘉田由紀子さんに聞く

参議院議員で前滋賀県知事の嘉田由紀子さんは、研究者から政治家へと転じた経験をお持ちです。転身のいきさつ、怒濤の選挙戦、そして政治とアカデミアの問題まで、縦横に語っていただきました。

（聞き手＝編集部）

埼玉、アフリカ、そして琵琶湖へ

——まずは、政治の道を目指されたきっかけから、お話しいただけないでしょうか。

そもそも私が学問、広く社会学を目指したのは、子ども時代からの経験がきっかけです。私は埼玉県の養蚕農家で生まれ育ったのですけど、昭和20年代、30年代の農家の女性の暮らしを強いられた母は、家制度の男尊女卑の中、結核になっても薬代もないくらい大変な状態でした。母の暮らしを見ていて、農村女性の厳しさをどうにか改善したいと思って、社会学を志しました。

農業をやりながら、梅棹忠夫さんや中尾佐助さんといった、京都大学（京大）から海外へ学術調査に行かれた方々の本を読んで、電気もガスも水道もないアフリカに行きたいと、高校時代から思っていました。文明が入って人の暮らしが破壊されたのでは？という文明批判ですね。1960年代です。女一人アフリカに行くにはどうすればいいか考え、やはり京大の探検部に入るしかないと考えて、埼玉の農村から京大の入試を受けました。入学してみたら、京大探検部は女人禁制だとわかったのですが、そこに押し入って、大学3年の時に1人でアフリカに行きました。

半年アフリカで暮らして、あらためて発見したのが、コップ一杯の水、ひと皿の食べ物の大切さ、価値です。自分はやっぱり、女性の問題も研究しながら、人類は水とどうやって共生してきたのかという、水環境と人間のかかわりを研究したいと思いました。ただ当時、そういう研究テーマを受け入れてくれる日本の大学院はなかったので、3年間、アメリカのウィスコンシン大学の大学院に留学しました。留学前に京大探検部の先輩と結婚して、一緒に留学しました。

そこの指導教員がヒントを下さった。「水との共生の研究だったらアフリカでもアメリカでもない、日本に帰りなさい。日本の水田農村は、水との共生社会を1000年以上も維持している」と。また、長男をアメリカで授かり、当時は子育てにも悩んでいたのですが、やはりアメリカの社会心理学の先生が、「ユキコのようなアチーブメント意識の強い女性には、専業主婦は向かない。仕事をしながら納税者になり、社会で子どもを育ててもらいなさい」とアドバイスを下さったのです。ありがたかったです。

そこで日本に帰国して、水田農村における水と人間の関わりの研究を始めました。日本の身近なところで、子育てしながらできる研究ということで、琵琶湖周辺の集落――3000集落ほどもあるのですが――を回りながら、水と人間の関わり、恵みと災いについて学ばせてもらうというフィールドワークを徹底してやりました。子どもや女性・家族の問題、仕事との両立も身をもって体験しながら、同時に水と環境の研究をするという二本柱でやってきたわけです。

ちょうど博士課程が終わった時に、滋賀県の、当時の武村正義知事が、琵琶湖研究所[*1]という、文理連携の地域研究のできる研究機関を作ってくださるということで、1981年秋、その準備室の、初代の社会学の研究員として採用してもらいました。

知事への決意

そういうなかで、なぜ私は政治家か。これには、国や地方自治体による河川の政策や、地域の住民運動が深くかかわっています。

まず明治時代、1896年の河川法制定当時の水政策では、洪水対策としての「治水」が最も重視されていました。昭和の高度成長期の真っただ中の1964年には新河川法が制定されて、治水に加え、水を利用する「利水」が加わった。

ただ、治水と利水だけでは、川がコンクリート張りになって、生きものが暮らせなくなっていきます。私自身、それを目の前でみてきました。そこで私は平成に入って、琵琶湖周辺での住民参加型のホタル調査「ホタルダス」をおこなうなど、住民調査によって川や琵琶湖の環境を改善していこうという提案をしてきました。それらの調査は、1996年に開館した住民参加型博物館、琵琶湖博物館の設立につなげていきました。

当時、日本の他の地域でも、こうした川の運動やダムの運動がいろいろあって、その流れをうけて1997年、河川法の改正がありました。それまでの治水・利水にプラスして、環境保全と住民参加を、という趣旨の改正です。

ちょうどその河川法改正の後で、各河川の整備のしかたを議論する「流域委員会」というものが日本中にできました。琵琶湖・淀川水系については、2001年、国土交通省の近畿地方整備局が「淀川水系流域委員会」を設置します。私も研究者として、河川法改正の結果を現場に反映したいという思いを持っていたので、この委員会に最初から参加しました。

委員会では400回近くも議論をして、2003年1月、「ダムは原則として建設しない」という提言を出したのです。これをうけて近畿地方整備局は、2005年の7月1日に「淀川水系5ダムについての方針」を発表しました。そこでは、滋賀県内に計画されていた大戸川ダム事業について、「当面実施せず」とされたのです。

しかしその直後、当時の國松善次知事が、ダムは必要だ！と国土交通省に陳情に行ってしまったのです。一方では環境保全と言う知事が、一方ではダムの是非について何の議論もせずに、琵琶湖について研究している研究者の誰にも、一言も意見を聞かずに、ダムは必要だと。ここで私はカチンときました。

400回近くも議論をして、ダムだけでは洪水を減らせないと結論された。いくらダムを作って、ダムや堤防の中に洪水を閉じ込めようとしても、時としてあふれます。特に、温暖化が進んで気候変動がおきたら水害も激甚化します。あふれた時に被害を減らすため、流域全体で治水をおこなう「流域治水」という仕組みを提案しているのに、全然、知事が扱おうとしない。学者が何十冊本を書いても、何百回議論して提案しても、知事の一言で、またダム推進になる。これは自分が知事をやるしかない、という風に、スイッチが入っちゃったのです。

それが2005年の7月です。そうして翌2006年の7月2日の知事選挙にむけて準備をしはじめ、2006年の4月1日に立候補の決意をしました。

3人からの出発

大変でした。だって、全然選挙の経験がないのです。小坂育子さんという、ホタルダスや湧き水の住民参加型調査を一緒にやっていた親友の方と、若いパソコン技術者の教え子と、最初は3人で始めました。

知事選挙、3人とも何にも知らない。選挙ポスターって、あちこちの道路端の掲示板に貼ってあるじゃないですか。あれ、選挙管理委員会が貼ってくれるのだと思っていたくらいです。誰が貼るんだと思う？

――それぞれの陣営のスタッフでしょうか。

ですって。私、それを知らなかったのです。知事選挙のポスターって何枚必要かというと、滋賀県

2006年4月18日、琵琶湖畔での出馬宣言。提供：嘉田由紀子事務所。

全体ですから、4900枚。こっち3人しかいないのよ。4900枚どうやって貼るのですか、というところから始まって、とにかく大変だったです。

4月18日に、琵琶湖の浜辺で出馬記者会見をしました。一応記者さんは来るけど、みんな泡沫候補だと思っている。その時の選挙の構図は、2期を終えて3期目を目指す現職と、共産党。そこに私が3人目の候補者です。誰も勝つと思っていない。

結果的には、ポスター貼りには息子2人が協力してくれました。当時、長男は県立病院の医者をしていて、次男は大学院生です。長男は、「わかった、あんたが決意するなら、俺は医者をやめて選挙手伝う」と言って、ポスター貼りなどの準備をしてくれました。かつてホタルダスの調査をしてくれた3000人の名簿をもとに、この村にはこういう人がいるから、この人にはここに貼ってもらう、と整理して、ポスター貼りを頼みに行くわけです。次男も、選挙事務所で人の出入りに応対してくれて、まるで家族選挙です。

あとは、住民運動をやっていた人たちも応援してくれました。この人たちはやっぱり心強いですね。

私は30年間滋賀県内を歩いて、本当にいろんな人とつながりを持っていたので、その人たちがまさに党派を超えた、草の根のつながりの応援をしてくれました。相手は軍艦、こちらは手漕ぎ舟の選挙でした。

ただ、私の連れ合いは大学の教授をしていたのですが、反対でした。彼は嘉田家の長男、私は長男の嫁でした。嘉田家では、政治活動はタブーだと言われたのです。「知事選に出るなら離縁や」と。そして離婚されたのです。学者として選挙に挑戦すること以上に、離縁されたことが私にはつらかったです。

埼玉の実家の父は市議会議員で、姉も父の跡をついで市議会議員でしたが、そちらも大反対です。「市議会議員の選挙だって大変なのに、あなた知事選ってなに言ってるの！」って。

三途の川を渡ったみたいだった

――研究者仲間の方々は、手伝ってくださらなかったのですか。

そこです。今回、一番言いたいのはそこです。

三途の川を渡ったみたいでした。

社会学、なかでも環境社会学の研究者として、やっぱり地域の環境保全に貢献できる研究をしたいということで、参加型博物館を作ったりしてきたけれども、これからはダムだけに頼らない流域治水とかを、いろんな理論に根ざして実現しようと思う、そのためには、本何十冊書いてもダムひとつ止まらないのだから、私は知事選挙に出るよ——と言った時に、学者は、ゼロではなかったけど、ほとんど関わってくれませんでした。選挙事務所にも来てくれません。

ただ、裏では応援してくれていた。環境社会学の仲間の人たちも、「滋賀県に知り合いはいないか」「嘉田さん頼む」と、電話やハガキで応援してくれていましたが、2ヶ月間の間に、環境社会学の人だれ一人、選挙事務所に応援に来てくれませんでした。

「嘉田さんって政治の世界に入るんだ」と。政治は汚い世界と思われていたのでしょうか。もちろん、政策を実現するには大事だ、と評価をしてくれる人もいるけれども、一般的には「あっちの世界」。だから、三途の川を渡った、そんな寂しさを、実は覚えました。


——表には出てこられないというのは、なぜなんでしょうか。


人によって違うとは思います。ただ、今の日本学術会議問題とも関わると思いますが、教育基本法第14条に、「法律に定める学校は、特定の政党を支持し、又はこれに反対するための政治教育その他政治的活動をしてはならない」という一文があります。だから特に大学の教員は、政治に関わってはいけない。それから公務員も、政治に関わってはいけない、特に公務員の地位利用をしてはいけない。*2

そういうこともブレーキになっていたのだろうと思います。

本当に、寂しかったですよ。アカデミアを離れてみたら、三途の川があった。

完全に泡沫候補

必要性の低い公共事業を見直して、そしてもっと教育とか、文化とか、子育てとか、人を育てるところにお金を入れようと。そこで三つの「もったいない」を政策で訴えました。一つめは、税金の無駄遣いはもったいない、新幹線の新駅(当時、滋賀県栗東市に計画されていた)やダム(当時、滋賀県内では6つのダムが計画されていた)は見直します。二つめは、子どもや若者が生まれ育たないのはもったいない、お母さん1人だけの子育てじゃない、社会全体で子育てを支えましょうと。三つめは、琵琶湖の環境を壊すのはもったいない。

自民党、民主党、公明党、共産党も含めて、すべての政党に推薦依頼を行ったのです。そしたらありがたいことに、各党が政策を聞く場を作ってくださいました。

しかし結局、自民党は、ダムは必要、新駅も必要で推薦できないと。民主党は、ダムはなしでもいいけれども、新駅は必要ということで、やっぱり推薦できない。公明党は自民党と一緒です。共産党は、ダムも新駅もいらないけど、うち候補者だしているから、ということで推薦できない。結局、社民党からしか推薦をもらえませんでした。自民・民主・公明と、連合滋賀(労働団体)や滋賀県医師会など270の地域団体、すべて現職推薦でした。そして後は共産党です。そこのど真ん中に私が入って、完全に泡沫候補でした。

ただ、47人の県議会議員のうち、3人だけがついてくれました。自民党系の人、社民党系の人、民主党系の人が1人ずつ。その人たちが、選挙のやり方をかなり教えてくれました。

当時の私の選挙戦略の第一は、わかりやすい「暮らしことば」で訴えること。例えば財政再建とは言わずに、「税金の無駄遣いはもったいない」。少子化対策とは言わずに、「子どもや若者が生まれ育たないのはもったいない」。環境対策とは言わずに、「琵琶湖の環境が息苦しくなっている、壊したらもったいない」と。

自分で書いた政策のチラシを、徹底的に全戸配布しました。60万世帯。そして最後は草の根で訴えました。

ちなみに、街宣では「鉛筆持ったらかだゆきこ！」というのをはやらせました。投票所の鉛筆は民主主義の原点。組織との付き合いとか、みなさんそれぞれにしがらみがあるかもしれないけれど、最後はあなたの思いで、鉛筆一本の勇気でご投票ください、と。知り合いの先生が「嘉田さんすごいねえ、子どもたちが「鉛筆持ったらかだゆきこ」って歌っとるで！」と教えてくれました(笑)。

流れが変わる、そして当選

知事選挙の運動期間は17日間あるのです。告示前は、マスコミさんもほとんど事務所に来ません。誰も嘉田が当選すると思っていない。

ところが、選挙が告示された6月15日に、ポスターを貼り切ったのですよ、1日で。[*3] これを見て、「あれ？」ってマスコミも思ったのでしょう。嘉田さんポスター貼れてるよ、事務所はいつもからっぽで人もいないのに、と。本当に事務所に人がいなかったのです、手伝う人が足らない。

ただありがたいことに、それまで京都精華大学の教授をしていたので、そのゼミ生が一緒に走ってくれました。20歳過ぎたら選挙運動できますから。選挙カーで、ゼミ生が後ろに控えていて、私が降りてマイクで演説している間に、チラシを持ってね、山の上だろうが、わーっと走るわけですよ。そういうのを見て、みんな「この陣営なんか違うな」と思ったんでしょうね。若い人が走っとる。「かだ由紀子をお願い」って走っとる。そして子どもたちは「鉛筆持ったらかだゆきこ！」。

ポスターを貼り切るわ、若い人が元気やわ、政策を見たらそれなりにまともやと。それでだんだんに風が吹きだしてきて、そして6月25日、つまり投票日の1週間前、京都新聞に「嘉田追い上げる」という見出しが出たのです。朝日新聞では「政策で判断。新幹線の新駅反対60％」という見出しが載って、流れが変わってきたなと思いましたよ。

その後は、街宣していても違うのです。車のクラクションを鳴らしてくれたり、手を振ってくれたりします。マンションの前で呼びかけると、私のシンボルカラーは当時から黄緑でしたから、マンションの上から黄緑のタオルを振ってくれる。あれは感動の選挙でした。「あら、これ勝てるね」と。

私は最初から勝つつもりでしたよ。勝つと思ってやっているので、熱はありますよね。「選挙は熱伝導」ということばを、その時、自分なりに生みだしました。どれだけ滋賀県を変えたいか。そして研究者として、変えるための論理があるわけです。加えて、滋賀県内を隅々まで知っているので、車で街宣に行っても、この村のあの川のあそこは蛍がいて、昔は川で洗濯をしていましたねとか、ここは水不足で苦労しましたねとか、村むらごとに、その地域に根ざした話題を引き出すことができる。

そうした徹底した草の根密着選挙運動で、17日間のうちに、現職が約19万票、私が約22万票と、3万票も差がついたのです。共産党さんが約7万票。びっくりでしたね、みんなは。私と小坂さんだけは、最初から勝つつもりで、そのための戦略を作っていましたから、びっくりはしていませんけど。

県民のみなさんが応えてくれたね、と2人で納得しました。

「衆愚政治」と言われて

その代わり大変でした、知事になってからは。新幹線の新駅は工事が始まっていたし、ダムは6つ。毎日、もう怒号の中の県議会。今の菅総理大臣が批判の渦の中ですが、あれどころじゃないです。県議会の47議員の中で、当初から応援してくれたのは3人だけでしたから。

ただありがたいことに、当時の民主党系は、川端達夫さんがリーダーだったのですが、選挙で新幹線新駅が必要と言った自分らが現職を応援して負けたということで、すぐに嘉田支援に変わってくれました。それでもまだ、過半数には届かない。多数派は自民系です。

「衆愚政治」と言われましたね、県議会の議場で。県民をだまして票をもらった、ということでしょう。そうした批判に対して、「一票一票下さった県民の皆さまの思いを実現するために、私はここに立っています」と、笑顔で応えました。本当に厳しい議会対応でした。けれども、一票一票、まさに鉛筆一本の勇気で背中を押してくださった県民のみなさん、それぞれのお顔を思い浮かべて頑張りました。

そして翌年、2007年の春には、「知事は代わった、次は県議だ」と、統一地方選挙で、県議会の構成を変えました。「対話でつなごう滋賀の会」という知事派の県議会議員を増やして、自民党を過半数割れに追い込んだのです。結果としてダムも新幹線新駅も止まりました。

研究者が政治をするということ

政治は強いですよ。本当に学者として求めていた政策が実現できる。県職員も頑張ってくれました。知事を務めた2期8年の間に、なぜ政策がいろいろ実現できたかというと、研究の背景があったからです。研究の背景があると、どんなに批判されても、筋を見失わずに初志貫徹できます。「なぜ」がわかるから。なぜダムや堤防だけでは不足で、流域治水が必要なのか。

流域治水については、土地利用や建物の規制も含め、2014年の3月、全国ではじめて条例化しました。危ないところには住宅や福祉施設等を作らない、作るのであれば嵩上げをする、そして、避難体制をきちんと作る。これはまさに、フィールドワークの中で地域のみなさんから教わった、伝統的な水害との付き合い方です。伝統的な水害対策を、今の政策に入れることができたのです。それに、日本だけではなくて、世界中の水辺の研究もしてきました。例えばフランスだったら、過去の水害履歴を示さないと、土地の取引をさせないとか、アメリカなら、水害履歴を保険に入れるとか、そうしたことを国としてやっているわけです。だから、流域治水が、これからの時代に求められる正しい政策だ、ということが自分なりにわかった。学問研究のおかげです。

そして少子化対策。現在の少子高齢化は、家族社会学の視点からみれば、なるべくしてなった現象です。日本の少子化は、1970年代にすでに始まっていたのですから。女性に「仕事か、子産みか」の二者択一を迫ったことがひとつの原因です。それと、若い人の所得が不安定だから。そこで滋賀県では、「子ども・青少年局」を知事就任直後に新たに設置して、子ども政策と青少年政策の一体化をはかり、女性・若者の雇用対策も含めた子育て支援を行ってきました。たとえば、生まれた子どもが幸せ・生んだ両親も幸せ・結果として社会全体も幸せ、という「子育て三方よし」という政策をやりました。そうすると、出生率ってしっかり上がる、成果が出ます。これは、社会学者として学んできたからできたことです。「なぜ」を知っていれば、政策は効果が出ます。

もっともっと政治の世界に入ってほしい

学者は論文や本を書いたら一種の達成感があるけれど、政治家として法令を作ったり、政策を通して社会を変えていったりするのも本当にやりがいがあることなので、ぜひ学者のみなさんに、もっともっと政治の世界に入ってほしい。自分がやっている学問を実生活の中で、あるいは具体的な社会のシステムの中で活かしたいと思う学者のみなさんに、政治家になっていただきたいです。学問と政治の溝が深いから日本学術会議の任命問題みたいなのが出てくるのであって、もっともっと学問と政治の世界が相互乗り入れできないと、本当にもったいないですよ。

例えばアメリカでは、学者がたくさん政治家になっています。議員にも、知事にも。日本では、そういう人があまりにも少ない。学者が、官公庁などが開く各種委員会に「学識経験者」――いわゆる「学経」――として呼ばれて議論に加わることはもちろんできますが、学識経験者は、政治の側が自分たちに都合のいい人だけ選べるんです。そういう色がつけられる。だから、多様な意見を政治に反映させるためにもやっぱり、いろいろな背景を持つ学者が政治の世界に入ったほうがいいと思います。学問の蓄積を政治のなかで活かしていくことが、日本の未来のためにも大事だと思います。

でも問題は選挙ですね。一番難しいのは選挙です。選挙の壁は高いです。選挙っていうのはやっぱり民意ですから。自分が訴えて、その訴えが通じないと、一票につながりません。その訴え方、一票に名前を書いてくださるような訴え方のところが、一番ハードルとして高いと思います。

選挙を越えたら、民意をいただいているのですから、どんなに反対があろうと、政策実現に向けて主張し続ける根拠ができます。いわば、政策遂行の正当性の担保です。一方で、選挙が汚いとか、選挙が嫌いって思われる方は、政治家になるのはなかなかハードルが高いかもしれません。

私は、言い方おかしいですけれども、選挙、好きです。私の周りの人に言わせると、「嘉田さん選挙大好きだからなあ」。私は選挙で社会を変えられると思っています。

——楽しんでいらっしゃるのですね。

楽しいです。選挙カーの街宣にしても、一つずつ集落を回りながら、短時間でも、地域の人と接触できるでしょう。それが楽しいのですよ。いろんなことを教えてもらえるから。演説会に行っても——私は「対話集会」って言っているのですけども——一方的に演説をするのではなく、みなさんの意見を聴くのが楽しいです。フィールドワーカーは政治家に向いているのではないでしょう

「言い方おかしいのですけれども、選挙は好きです。社会を変えられるから」。2020年11月6日、オンラインでのインタビューにて。

か。特に社会学など社会科学畑の人にもっと政治に入ってほしいです。

――政治家になる以外にも、専門知が政治に活かされる回路が豊富にあるとよいように思いますが、そのあたりはいかがでしょうか。

霞が関の官僚さんでも、自治体の公務員でも、学者が入っていくのは大事だと思います。「なぜ」の理屈を持っていたら、きちんと筋が通ります。たとえば滋賀県で、流域治水をやった若い職員の中には、博士号をもっている方もいます。水産分野の職員で、在職中に学位をとった人もいます。私の知事時代には、若い職員が学位をとるサポートもしました。公務員の中には、博士号を活かせる場がたくさんありますから。ですから政治家だけではなく、公務員にも挑戦してほしいです。

ポスドク問題と日本学術会議問題

本当に今の日本は、学問の価値を軽視しすぎています。政治家も、経済界の人たちも。新型コロナウイルス感染症のワクチン開発にせよ、温暖化問題のCO_2削減にせよ、人類として未知の問題が山積しています。こういう時代にこそ、学問の力が必要です。いま日本学術会議の問題がありますけれども、あれは表層だけです。問題はもっともっと根深いのです。

例えば私が京都大学の大学院に入った当時から、研究者には本当に就職先がなかったのです。オーバードクターが身の回りにたくさんいました。私の大学院時代の仲間も、博士課程まで行った人たちは、半分くらいがまともに就職できなかったのです。それが1970〜80年代。90年代になると、もっとひどくなります。1991年に、当時の文部省が大学院生倍増計画を作って、各大学が大学院を増やしましたが、大学そのものはそんなに教員がいらないし、企業や公的機関でもドクター(博士号取得者)を採用しないし、出口が全く整っていないのです。現在に至るまで、日本は大学院をはじめ、高等教育を終えた人のエネルギーをいわば浪費していて、これは国家的な損失だと思います。

一方で中国などは、研究にずいぶん予算を入れるので、日本の頭脳が海外流出しています。その中国に流出していることをとらえて、「中国共産党に協力してけしからん」という意見が保守系の人たちから出ていますが、そうではなくて、日本の政府や企業が研究を軽視しているから、否応なく外国に行かざるを得ないという状況になっているわけですね。

日本が本当に科学技術立国であるならば、学術会議で任命権がどうこうという話よりも、もっと根っこのところを議論しなきゃいけない。科学技術立国であるならば、人材を大切にしなければいけない。研究に、それも基礎研究にもっとお金をかけなければいけない。ノーベル賞学者の本庶佑さんや山中伸弥さんも警鐘を鳴らしています。私も、機会があるたびに、研究者の背景を持つ政治家として、そうした発言をしています。

ただ、研究者の側も反省すべきところはあると思います。「象牙の塔」の中で、社会的にどういう意味があるかとは無関係に、ともかく自分が関心を持つことを追究する。これはこれで大事なのですが、「あなたのこの研究はどういう意味があるのですか?」「どう役に立つのですか?」って言われても、説明できない人、説明しようとしない人がいます。

それぞれの研究者の探究心、研究機関の使命感、そしてそれを実現するための研究戦略、こうしたことを、研究者がわかりやすく、社会に説明する必要があると思います。なぜこの研究が必要なのか、そこにどういう予算を入れてほしいのか、どういうリソースを分けてほしいのか。

先に述べた滋賀県立の琵琶湖研究所では、私が入所した1981年当時から、一貫してそうした説明をしてきました。ですから滋賀県の中で、琵琶湖研究所を潰せという話は出ませんでした。それだけちゃんと、社会に、納税者に説明してきているからです。琵琶湖研究所から生まれた琵琶湖博物館も同様です。

たぶん、多くの研究機関が、そこのところをサボっていた。私たちは高級な研究をしているのだから、説明しなくていいのだ、予算だけくれ、って。これでは、社会的に認知してもらえません。

あらたな挑戦

昨年、参議院選挙に挑戦しました。かなり厳しい選挙でしたけど……。「自民党の若手現職42歳に69歳のばあさんが挑戦か！」という、そういう選挙でした。

滋賀県で条例を作った「ダムだけに頼らない流域治水」を、国全体に広げたいと思っています。そして子育て支援。なかでも、子どもの貧困対策。世界の先進国の中で、日本は子どもの貧困率が高いほうなのです。

子どもの貧困についての問題意識が芽生えたのは、滋賀県知事をしていたころです。子どもの貧困をみると、片親家庭の貧困が圧倒的に多いのです。特に母子家庭。両親そろっていると貧困率は数%なのが、母子家庭だと半分が貧困。全く違うのです。

日本では今、3組に1組が離婚します。未成年で親の離婚に巻き込まれる子どもは、毎年20万人を越えています。1年に80万人ほどしか生まれないのに……。そして、離婚後の子育ては単独親権。夫と妻が離婚したら、どちらかが子どもの親権を取るのです。これは明治以来、民法で定められています。そこで、子どもの奪い合いが起きる。9割以上のケースで母親が親権を取りますが、女性の賃金が低いこともあり、子どもの経済的な基盤は危うくなります。子どもにとっては、父親と引き裂かれるという精神的なつらさもある。離婚後も両親が養育にかかわったほうが、より子どもの暮らしの安定につながるというのは、諸外国のデータで出ています。ところが日本はなかなかそれが進みません。先進国の中で、いまだに片親親権なのは日本だけです。片親ではなく両親が親権をもつ「共同親権」にするよう、民法を変えるしかない。

流域治水と共同親権は、いま国会議員として柱を立てて活動している政策です。国政ではどこまで行けるかわかりませんけど、ありがたいことに流域治水は、国土交通省も方向転換して、2021年の通常国会で審議をして、いま全国に広げようとしてくれています。こちらはかなり手ごたえがあるけれども、共同親権の方は、かなり社会的抵抗が強い。壁は厚いですが、頑張って、なんとかして民法改正まで持っていきたいと思います。

――ありがとうございました。

（2020年12月）

＊1　現・滋賀県琵琶湖環境科学研究センター。創設を構想したのは、当時の滋賀県顧問だった梅棹忠夫氏。
＊2　それぞれ国家公務員法第102条、公職選挙法第136条の2。
＊3　選挙ポスターは告示当日から貼ることができ、当日、どれだけ早くポスターを貼りきれるかが、各陣営の力のひとつの指標とされる。

【かだ・ゆきこ】

1950年埼玉県生まれ。京都大学農学部卒業、ウィスコンシン大学大学院修士課程修了、京都大学大学院博士後期課程修了。農学博士。滋賀県琵琶湖研究所研究員、滋賀県立琵琶湖博物館総括学芸員、京都精華大学教授を経て、2006年より2014年まで滋賀県知事、2019年より参議院議員。専門は環境社会学。著書に『命をつなぐ政治を求めて――人口減少・災害多発時代に対する〈新しい答え〉』（風媒社）、『生活環境主義でいこう！――琵琶湖に恋した知事』、『環境社会学』（以上、岩波書店）など多数。

5　「越境」をかさねて

南極と被災地を通って農業へ

岩野祥子
（伊賀ベジタブルファーム株式会社）

意図せず、少し変わった道のりを歩いてきました。人生に積極的になれたのがここ数年のことなので、自分語りで自分の人生を表現すると「縁で」ということに尽きます。「あなたは神に選ばれた存在だから」という親の言葉に反発を感じながら生きてきました。なのに、わたしの口癖は「かみさまはやさしい」です。特定の宗教の神さまではなくて、「大いなる存在」という感覚です。人生の分岐点における選択も、迷ったときの判断も、自分でしてきたというより、答えが降りてくるのを待ちました。待つ時間がとても長いときもあれば、すぐに決まることもありました。委ねている部分もありますが、主体的であることや自立を大切に思いながら生きています。

南極で地球を感じる

京都大学で地球物理学を学び、博士課程1年次を後期から休学し、南極観測隊（越冬隊）に参加しました。[*1] 南極観測隊に参加するために大学や講座を選んだわけではなく、親に言われるままに京大に行き、特にやりたいこともないのでモラトリアムで修士課程に進み、そうこうするうちに「南極で越冬しないか?」という誘いを受け、行けるならぜひ行きたいと思ったのが、わたしが京大の博士課程へ進んだ理由です。

好奇心が強いこと、身体がタフなこと、規則的な生活や集団生活ができること、あたりが観測隊に声をかけてもらった理由でしょうか(南極に行く人材が圧倒的に足りていないという理由も大きいです)。最終的には、請け負った観測のひとつでもあった超伝導重力計による南極昭和基地での10年間の重力観測データを解析し、博士論文にまとめました。大きな目的は、地球内部構造の解明です。理論的な地球モデルの是非を議論するうえで、中緯度地域の観測だけでは決定しづらいパラメータがあり、高緯度での観測データを用いることで、その当時では最も高精度の地球潮汐パラメータを決定し、また、極域での重力観測に関連した課題や知見を整理することができました。

南極観測の担い手が少ないことは、関係者を常に悩ませていた問題であり、25歳という若さで越冬隊に参加させていただいた背景に、将来の南極観測を担う人材としての期待があることは感じてはいました。ただ、自分としては、研究者として生きていくうえでの能力不足と、アカデミアの空気になじめない感覚が如何ともしがたく、博士号取得後、モンベルというアウトドアメーカーに就職しました。

モンベルでは、初めの半年間は直営店舗で販売員として働き、その後、新設されたばかりの東京広報部に異動しました。入社してようやく1年が経ったころ、2回目の南極越冬の話が舞い込み、急遽2度目の南極に行くことになりました。観測業務はほぼ変わらずですが、地学部門は野外観測が多く、

氷河が削り取ってできた地形。かつてここは南極氷床に覆われていた。

2度目の南極の最大の任務は、野外観測チームのリーダーとして、野外観測を安全に導くことでした。

学部時代、山岳サークルと体育会スキー競技部に所属していました。夏季休業期間中に、剱沢野営管理所（富山県）で野営場の管理や登山客への情報提供を行い、同居する山岳警備隊や診療所の医師の飯炊をした経験もあり、山岳遭難事故発生時の緊迫した空気感を知っています。平常時にも山岳救助の話を聞いていたので、野外活動におけるリスクマネジメントの意識が育っていました。2度目の越冬に声がかかったのは、それを買われてのことです。とはいえ南極の野外活動で隊員のいのちを守るという使命は重く、「全員が生きて日本に帰ること」を最低かつ最大の目標にして、リーダーの経験もスキルもないまま、ずいぶん背伸びをして過ごした1年半でした。

南極で2度越冬したので、3年ほど南極で暮らしたことになります。3日に1日は野外にいるくらい、長い時間を南極の大自然の中で過ごしました。誰にも踏まれていない、柔らかい大地を踏み、長い年月をかけて氷河が削った光景を見ていたとき、「そうか、この景色は46億年かけてつくられたのか。それを今、わたしは見ることができているのだ」とはたと気づきました。女性の越冬が始まった時期に学生という動きやすい状況にあり、南極観測に携わる機会を得られたこと。誰よりも多く南極の野外に出られること。すべてが奇跡のように思えました。

それまで当たり前に見知ってきた世界、暮らしてきた世界と、人間活動の影響を受けていない南極の大地、生のままの剝きだしの地球は、同じ星でありながらまったく異なる世界です。南極の露岩域を歩き回るうちに、自分の中の空間と時間のスケールが広がっていきました。「わたしはなんて素敵な星に生まれたんだろう。地球が好き」。そう思うようになりました。

厳しい自然の中で「生き抜くこと」に焦点を当てながら過ごすとき、怖いというよりどこか守られた感覚がありました。極寒の地にいながらぬくもりを感じるのは不思議でした。野外行動を決める際には、気象データや海氷データなどを活用しつつも、自分の感性を大切にしました。自然をよく観察し、適度に恐れ、人間の側の理由で自然にあらがうような判断さえしなければ死ぬことはない。しばらく経つと、そう思えるようになりました。さまざまな出来事がありましたが、誰もいのちを落とすことなく2度目の越冬を終えることができました。迎えの砕氷艦しらせに乗り込み、もう自分の責任で誰かを死なせずにすむと思ったときの安堵感は今も忘れません。

3・11をきっかけに脱サラ就農

2度目の越冬後、再びモンベルに戻り、数年穏やかに暮らした後、東日本大震災が起こりました。4月上旬、被災地に入り、発災以降被災地で活動を続けてきたカメラマンについて宮城県から岩手県

海からずいぶん離れた場所でも、こんな光景があちこちにあった。津波が山にせり上がり、行き場を失った水が集落ごと飲み込んだ。ここで暮らす人たちが津波の襲来を想像するのは難しかったろうと思う。

の沿岸部を回り、各地の避難所で状況を聞かせてもらいました。家族や友人を失った人、特に行方不明者がいる人の苦しみは、話を聞いているだけで卒倒しそうになるほどでした。いのちの重さをあらためて感じ、どこにいても「生きることは当たり前ではない」のだと胸に刺さりました。

モンベルでは南極での2回の越冬経験を生かして、極地用作業着「ポーラーダウンパーカ」の開発にも携わることができました。広報部にいたので、メディア対応、広報媒体の製作、CSR、イベント企画など、さまざまな業務を経験しました。「冒険塾」とか「スイスモデルを考える」など、新規のプロジェクトもいくつか担当させてもらいましたが、ゼロから創っていく仕事はどれもかなりおもしろかったです。

けれども、東日本大震災の被災地とモンベル本社のある大阪を3年ほど行ったり来たりする中で、自分の人生を生き切れていない想い、自分の能力や経験を生かし切れていない想い、自分がすべき仕事をできていない感覚が強まっていきました。

自分から求めたわけでもないのに、なぜ2度も南極に呼ばれたのか。なぜその後、被災地に通うようになったのか。

明確な答えは見つからないけれど、このまま安易に流されて生きていることは、これまでの自分に対しても、それまでわたしに注ぎ込まれた全てに対しても、未来の自分や未来の世界に対しても裏切りであると感じるようになり、モンベルを辞めました。

南極と被災地で深く染み込んだのは、「生きる」というテーマと、いのちの感覚です。これからどう生きるか模索する中で、少なくとも自分でいのちをつないでいける技術を身につけたいと思い、農業の世界を覗きに行きました。ハウスで薬物野菜を有機栽培している農園で研修を受けながら、時折よその農家に行ったり、外から人が来て講義をしてくれるのを聴いたりしました。その中で出会ったのが現職の社長です。二つ年上の同窓生でした。

彼も脱サラ就農組でした。伊賀の農家で研修後、独立。伊賀地域の有機農業推進の活動に参画し、理科勉強会を行うなどするうちにその協議会の中心的役割を担うようになり、自身の個人農場を法人化。また、地域の野菜をとりまとめて営業販売するべく、協議会の生産者らが出資して卸会社を立ち上げており、その経営も担っていました。

ひとりではマネジメントしきれない状況になってきていたタイミングだったので、変わった経歴の人間がいると目に留まったようです。話してみると、目指したい未来がとても近かったので、一緒にやることにしました。

手塩にかけて育てたミニトマト。毎日味が変わる。野菜を育てていると、毎日野菜に会いに行きたくなる。

いのちの中でいのちを感じる

生産部隊のマネジメントを期待されたのですが、農業も経営も初めてのこと。他のスタッフから農作業を学びながら中間管理職的な役割を担うという、不思議な形でのスタートでした。畑から学ぶことはたくさんありました。慣行農法、有機農法などがあることすら知らないまま、農業の世界に飛び込んだくらいなので、わたしが有機農業に携わるようになったのは結果論です。けれども、導かれてここに来た感じがあります。

生物多様性が高い場所では、病気や感染症が拡大しにくいという研究があります。農業の世界では、微生物の多様性について語られることがあります。1グラムの土の中には、約100〜1000万の微生物がいるそうです。土壌微生物が多様な場所ほど、植物は病虫害の被害を受けにくく、健康においしく育ちます。

農業に従事するようになり、いのちの感覚が身近で深いものになりました。それまでは食べることにまったく興味がなく、「コンビニのパンをかじりながら昼休みも仕事をしたい」人間でした。そんなわたしが、農業を始めて以来、食べることを好きになりました。土からおいしい野菜ができることは、何度経験しても感動します。毎日味が違うことにも驚きました。日照、水、風、気温、病虫害など、さまざまなもの（環境）が味に影響するのです。

モノと認識してきた野菜を、いのちと思うようになりました。自分のいのちが、たくさんのいのちに支えられてきたことを感じました。かつて、生きる意味がわからず苦しんだ時期がありましたが、自分のいのちを実感でき、草や木や虫や動物と同等だと感じるようになると、今ここに生きていることだけで肯定される感じがして、ずいぶん解放されました。

自分事として生きる

サラリーマン時代は、ケージの中で羽ばたいて喜んでいる鳥であったと思います。何かを創ったと言っても、経営者が決めた枠の中で活動していただけで、ビジネスをどう成立させていくかとか、社会の中で会社として果たすべきことは何かとか、未来に対してどういう行動をとっていくかということを、自分事として考えたことはありませんでした。当時、経営者が、「全部俺が決めて、お前らはアイデアも出さないし何も決めない！」と嘆いていましたが、今なら嘆きの意味がわかります。

労働の負荷や休みの多寡、収入面で言えば、今の生活はサラリーマン時代に比べるとはるかに大変です。でも今の方が断然いいです。戻りたいとは思いません。どうしてか。

今は、人生を主体的に生きている感じが強いからです。ハラハラしながらニコニコしています。大変だけどおもしろいのです。かつては、すごく表層で生きていました。見てくれが整っていればよくて、要領がよければ評価されると思っていました。ものごとの背景を見ようとはしませんでした。人にも興味がありませんでした。なるべく触らないように、なるべく話さないように、なるべく関わらないようにしていました。今は違います。自分をとりまく世界に興味を持つようになりました。自分の行動が未来につながると信じるようになりました。

就農後、子どもを授かったこともあり、現在は畑作業は手が足りないときに手伝うくらいで、主に流通業務を担当しています。自分の特性上、抽象的なことが苦手で、現場《リアル》を通してでないとものごとが理解できません。院生時代も、他の学生が人工衛星のデータを使って、宇宙に行かなくてもコンピュータさえあれば仕事をできたのに対して、わたしは活断層調査しかり、南極しかり、自分の足でデータを取りに行かないと研究ができませんでした。今も同じです。自分で野菜を作るとか、自分で地域の生産者の野菜を集めてきて地域内外の業者に販売するとか、そういう実務を通してはじめて、課題や不足への理解が進みます。ものすごく効率の悪い存在ですが、それがわたしという個性です。

気づく・止まる・変わる

わたしにとっては、南極に行ったことよりも、サラリーマンを辞めたことの方が、人生へのインパクトは大きかったです。サラリーマンはずいぶん守られた立場であり、戦後目指してきた豊かな暮らしを体現した存在であるとは思います。でも、だから安定・安心だし、今後もそれを続けたい、とは思えませんでした。むしろ、やりたいことや使命を感じることがあってもその活動ができず、制限を受けることへの違和感が募っていきました。わたしは、安定・安心がほしくて生きているわけではない。自分の思い、情熱、経験を殺しながら生きるなんて嫌だ。自分の人生を生きたい。それができないのであれば、生きている意味がない。

違和感を抱き始めてから、辞めるまでに1年ほどかかりました。初めは「そうはいってもどうやってこの先食べていくか、食い扶持を定めてから辞めるべきだ」という考えでしたが、そう思っている限り何も変わらないし、どんな一歩も踏み出せませんでした。毎日毎日「あした死んでも後悔しないか？」と自分自身に問い続け、そのたびに「後悔する」「後悔する」と答えるしかない日々。もういいかげん、そんな日々を続けてはいけないと思いました。

＊

自然の中にいると、自然がいかにコントロールできないものであるかということがわかります。一方で、戦後の社会が目指した文脈での「豊かさ」は、コントロールの上に成り立ちます。物事をコントロールできる状態が標準になると、わたしたちは、コントロールできないものがあることや、わたしたち自身がそうしたものによって生かされていることを、忘れたり、無視したりしがちです。しかし、コントロールできないものがあることを忘れ、コントロールすることに躍起になっていた間の人間活動が環境変動を引き起こしました。その影響は、気候変動、自然災害、感染症といった形で顕在化し、我々の生活に影響が及ぶ程度が激しくなってきています。自然と離れすぎてしまった、ということだと思います。自然との距離感を見直し、いのちの感覚を取り戻すことが大切です。都会の人たちにこそ、そういった機会や場所が提供されるべきかもしれません。

＊

わたしは都会側で生きてきましたが、南極や被災地でアウトオブコントロールな事象に出あって、このことに気づかされました。それまでの常識に疑問が生じると、「変わらないでいること」がむしろ恐ろしくなりました。自分から求めたわけではないのに、2度も南極に行ったこと、その後、被災地や農業を経験したことの意味は、潮流の変化をからだで感じなさい、気づきなさい、ということだったのだと思います。

折にふれ大いなるものの存在を感じます。素直に受け取れなかった「あなたは神に選ばれた存在だから」という言葉ですが、誰の隣にもそれはいると感じられるようになると、昔のような反発心はなくなりました。「かみさまはやさしい」とつぶやく回数は増えています。

今、わたしは市井に生きていますが、わたしにとって大切なことは、自分のいのちを輝かせて生きているかということです。わたしの人生がわたしを通して実現しようとしていることは何なのか。そのことにしっかり聞き耳を立て、自分のいのちを燃やしたいと思います。消費する側から生み出す側への移行を意識的に進めています。未来に向けて、自分に果たせる役割を果たそうとしています。進み続けることが常にいいとは限りません。潮目では立ち止まり、じっと観察し、探究する。進むべき方向が見定まったら、行動を開始し、生み出し始める。そんなあり方で、自分なりのやり方で、進んでいこうと思います。

（2020年10月）

＊1　南極観測隊には夏隊と越冬隊がある。ともに11月に日本を出発し、12月末に南極に到着する。夏隊は約2ヶ月間、南極で活動し、2月に南極昭和基地を離れる。越冬隊は2月1日に前次隊と越冬を交代し、翌年1月までの1年間、昭和基地の住人となって南極観測業務に携わる。越冬隊員が日本に戻るのは出発の翌々年の3月である。

【いわの・さちこ】

1975年生まれ。京都大学大学院博士課程在学中に休学し、第42次日本南極地域観測隊に参加（2000年11月〜2002年3月）。帰国したのち復学し博士号（理学）を取得後、㈱モンベルに就職。2006年より再び南極越冬隊に参加（第48次）。帰国後、モンベルに再就職し2015年まで勤める。奈良県宇陀市で農業研修を受けた後、伊賀ベジタブルファーム㈱に活動の場を移し、農業および青果流通に携わっている。

博士(工学)を持つ指揮者の話

中島章博
(指揮者・作曲家)

とあるリハーサルの風景

数時間後に本番のコンサートを控えた、最後のリハーサルの時のことでした。オーケストラの演奏会では、この時に初めて本番を演奏するホールで音を出せることが多いのですが、どうも音の焦点が定まらず、抜けていく感じがしたのです。奏者の方もお互いの音を聞きづらそうにしていました。その時に私がとっさにオーケストラにした提案は、演奏しづらくならない程度に、できるだけオーケストラ全体を舞台上で小さくまとめること、そして舞台の少し後方に寄せることでした。実際、効果はてきめんで、配置を変える前に比べるとずっとアンサンブルがしやすくなりました。

これは、私の音楽家としての経験や勘だけではなく、大学院時代における研究の経験が非常に役に立った一例です。私は、今でこそ指揮者そして作曲家という仕事をしておりますが、大学院までは、音楽の勉強と並行して、(音楽大学ではなく)一般の大学にて建築音響工学の研究をしていました。そして今では、それまでのすべての経験が音楽作りにつながっていると強く実感しています。

気がついたらそこに音楽があった

私は、音楽一家に生まれたわけではありません。ただ、習い事のひとつとして、5歳の時から音楽を習っていました。2年後にはその時の先生にすすめられ、通常クラスより上級のコースを受験、無事受かり、そちらに通うことになります。そのころから作曲もしていたので、小学生の低学年の段階で、自作曲をピアノの発表会で弾くという経験をしていました。とはいえ、当時は音楽だけに没頭していたわけでもなく、楽しかったとはいえレッスンが高度すぎたこともあり、ずっと続ける気力もなくて、10歳くらいで辞めてしまいました。

私が次に音楽とめぐり会うのは、中学生になってからです。縁がありブラスバンドの勧誘を受けて入部したのですが、中高一貫校の男子校ということで人数が少なかったこともあり、中学3年生の時から指揮をさせてもらったのです。自分で好き勝手に編曲したものを、自分の指揮で演奏してもらっていました。

はじめて自分で編曲した作品の音を実際に出した時の衝撃は忘れられません。残念ながら、いい意味ではありません。思ったように音が鳴らないのです。たしかに編曲に用いたパソコンの音楽ソフト上ではしっかりできているはずなのに、実際の楽器で鳴らすと、全然違う印象になっていたのです。

この衝撃から、その日の帰り道に大きな書店に駆け込んで管弦楽法の本を購入、むさぼり読んでは編曲に活かすという日々が始まりました。授業中に作曲の構想を練ると決めて、ノートは出さず五線紙だけ広げ、熱心にペンを走らせる。家に帰っても、パソコンに接続する専用の外部音源を用いて、コンピューターソフトにて音楽制作をし、気分が乗ってくると徹夜。そして翌日、眠い時はフルートのケースを枕にして(パートはフルートでした)授業中寝るという、お世辞にもよい生徒ではありませんでした。

こんな中学・高校生活でしたので、そのまま音楽の道に進みたいと思うのは当然のことだったのかもしれません。気がついたら音楽とともに生活をしていたという感覚です。

そこで、「音楽大学に行きたい」と音楽の先生に相談しました。しかしその時の答えは、「指揮や作曲をやりたいのであれば、一般の大学で勉強してからでも遅くない」。不安定な音楽の道を諦めさせるための説得ではあったとは思いますが、たしかに、指揮や作曲を職業にする人が一般の大学出身である例は、数少ないものの当時からありました。それに、まったく独学の状態から実際に音楽大学を受験するとなると、準備も大変です。

悩んでいたあるとき、担任の先生から「早稲田大学理工学部建築学科の推薦がきている」という話を聞きます。建築であれば芸術に直接つながり、センスも鍛えられるかもしれない――と、将来は音楽につなげることを意識して、この推薦をとることにしました。ちなみに決して成績はよくなく、推薦をもらえるギリギリの成績。小数第2位を四捨五入して下限ぴったりというすれすれ具合な上に、運よくほかの候補者がいなかったため、そのまま早稲田大学に行けることとなりました(余談ですが、このギリギリ具合だったために、担任の先生は募集条件を穴が開くまで読み返した上で、成績の計算を2回やり直してくださったそうです。担任の先生を困らせたくない場合は、やはり授業中の睡眠は仕方がない状況を除いてはお勧めしません)。

音楽三昧の大学時代、そして音響の研究室へ

このような経緯で大学に入学したわけですから、当然、入学後は完全に音楽漬けの日々になります。所属していた学生オーケストラのレベルの高さ、本物の音楽に接することができる喜び、たくさんのプロ指揮者やプロオーケストラ所属の奏者の方々から学べる環境。すべてが新鮮で、毎日生き生きと過ごしていました。また、一般人も参加できる指揮講習会に参加し、指揮の勉強もはじめました。一方、専門の建築の方はというと、音楽ばかりやっていたため、当然ですが低空飛行にとどまりました。

そうこうしているうちに、あっという間に大学4年になります。音楽で生きる生活を第一に考えていたので、就職する気はまったくありませんでした。しかも、世の中はまだ就職氷河期。だからといって、音楽家と名乗ったところで仕事があるわけでもありません。

そんな折、友人に誘われ、東京大学の建築音響工学の研究室に見学に行きました。コンサートホールの音響設計も担当した実績のあるところで、充実した実験室を備えており、実験室内にホールの音響を再現して演奏することができるのです。

だらだらと判断を先送りさせて人生を過ごすくらいならば、ここで研究することで逆に音楽家への道について考える時間がとれるだろう——大学院を目指す人間としては非常に失礼な理由ではありますが、ともかくこのような理由で進路を決めました。結果、何とか無事に試験に受かり、いま考えてみると長い大学院生活が始まります。

そして博士前期課程。たとえ音楽家にはなれずとも、ついに、研究を通じて音には関わることがで

きるようになりました。しかし当時は、このままでいいのかと自問自答する日々でもありました。このころ、研究室ではホール音響もあまり扱わなくなり、私は小学校の教室の配置が音響に与える効果について研究していました。もやもやしたまま時は過ぎ、2年間が飛ぶように過ぎていきます。このまま引き下がることもできず、とはいえ音楽家と名乗って独り立ちするきっかけもないのは学部時代と同様で、ずるずると博士後期課程に突入することになります。

博士進学、そして音大へ留学

博士後期課程に進学して数ヶ月。ここにきて、まったく研究に手がつかなくなってしまいました。やはり音楽をして生きたい。そのためには一度環境を変えるしかないと思ったのです。正直、ここまでに述べたように、自分を自分で誤魔化しながら生きていたところがありました。このまま流れに身を任せていれば、苦労はあっても、何とか生活はできる人生を歩めたでしょう。でも、一度きりの自分の人生がこのまま過ぎてしまったら、後で絶対に後悔するだろうと、このとき強く思ったのです。思い切るならこのタイミングが最後だ、と。

そうなると、少なくとも、音楽の専門的な教育はしっかり受ける必要があると考えました。しかし、国内の音楽大学をこの歳で受験するのは厳しそうです。ならば海外に行くしかない。調べると、ドイツやオーストリアの国立音楽大学は学費もほとんどかかりません。そこで、伝手を頼ってオーストリアの音楽大学の指揮科の情報を仕入れ、インターネットで親にも内緒で願書を提出し、研究室の先生と親には留学したいとだけ告げて、思い切って受験しに行きました。

もちろん、今までの専門とは全然違う海外の音楽大学の指揮科ですから、対策せずに受かることはまずありません。そのため、今までにお世話になった音楽の先生や、自分で新たにアプローチをした先生方に、ソルフェージュ（音楽の基礎訓練）やピアノなどのレッスンをしてもらい、気持ちを切り替えて臨みました。幼少期にはじまり、中学・高校、そして大学時代と、音楽を詰め込んだ経験がこのときに大きな糧となりました。結果は合格。まさに蓄積に勝るものなし、です。特に幼少期に受けていた音楽教育は、かけがえのない力になっていました。

モーツァルテウム大学新校舎の指揮科教室のテラスより。教室の裏はミラベル庭園という立地。いつもこの風景を眺めながら、指揮の授業を受けていた。

こうして私は、音響工学の博士後期課程を休学し、25歳にして初めて、音楽の専門大学に所属することになりました。私にとっての音楽は、いよいよ趣味ではなく、目標へと明確に切り替わったのです。

指揮科の授業は、全学年（といっても合計7名前後）のグループで行います。ひとりずつ、オーケストラをイメージしたピアノに向かって指揮をし、先生の指導を受け、数十分ごとに次の人に交代、という授業です。その他、個人レッスンとしては、スコア（オーケストラの譜面）リーディングやオペラの伴奏など、さまざまな授業を受けました。

さて、先述のように、音楽大学への入学以前は、どうやって音楽に関わろうかと、ずっと考え続けながら歩んできました。そしてついに、音楽を学ぶことだけに集中できる日々がやってきたわけです。しかし、いざそうなると今度は逆に、音楽家としての訓練をしながらも建築音響学の研究のことが頭の片隅にあり続け、新たな研究のヒントも浮かんできたのです。

私が通っていたモーツァルテウム大学には、主に二つの建物がありました。一つは１９１４年に建てられた旧校舎、もう一つは２００６年に建てられた新校舎です。主に旧校舎では声楽科、新校舎ではほかの科のレッスンが行われていました。

これは偶然ではなく、音響的な理由があるのではないか、と私は思いました。つまり、旧校舎と新校舎の練習室の音響特性が大きく異なるから、使い分けられているのではないだろうか、と。旧校舎はとても響く音環境である一方、新校舎では響きがある程度抑えられています。そのため、声楽は旧校舎の方が、ほかの楽器は新校舎の方が練習しやすい、ということではないだろうか――。

この考えはあくまで仮説です。しかし、音楽がメインの生活をしていると、こうしたことを研究してみたいという気持ちが逆に出てきたのです。私はどういうわけか、何かひとつだけに没頭することに向いていないようです。

研究生活に戻る

私が学んだ大学院では、博士後期課程の休学は3年までしか認められていません。そのため私は、3年間の留学後に、再び研究室に戻ることを決断します。正直なところ、音楽漬けの環境にもっといたいと思ったことも事実です。しかし、与えられた制約があるときはその中でもがいた方がよい結果が出る、という勘もあり、研究室に戻りました。

久しぶりに戻った研究室は、前よりもずっと新鮮に見えました。そして、ちょうど研究室に音楽練習室の共同研究が持ち込まれたこともあり、このめぐり合わせに感謝して、研究にとりかかりました。そこから3年ほどかけ、音楽練習室の設計に関する博士論文を書き上げます。この中で私は、弦楽器や管楽器の奏者に比べ、声楽家はより長い残響時間の練習室を好むことを、評価実験結果から定量的に示しました。紆余曲折はありましたが、ずっと傍にあった音楽と研究が、ようやくひとつにつながったのです。

研究室の実験室内での主観評価実験(2011年、東京大学生産技術研究所)。左側が筆者。プロ奏者にご協力いただき、練習室に関するさまざまな実験を行った。提供：東京大学生産技術研究所。

音楽家としての独り立ち

さて、海外の音楽大学に通ったことで、自分の経歴にも、音楽の専門的な勉強をしたことが書けるようになりました。すると周りの見方も変わり、音楽を学んだ若手指揮者として声を掛けていただけるようになりました。そこで、仕事が入り、お金を少し貰えるようになった時点で、独り暮らしをはじめ、実家を出ました。ここで暮らしていけないようであれば、自分は音楽の仕事には向いていないと割り切ることで、甘い自分に活を入れるとともに、退路をしっかり断ちたいと思ったのです。

この時期はちょうど、留学から戻ってきて、研究生活を再開した時期でもあります。このころは気力・体力が充実しており、学会へ提出する原稿の締切前や博士論文の執筆中は、研究室に寝泊まりしながら音楽の仕事の準備も行い、研究室から直接、練習指導やリハーサルに行くこともしばしばありました。目標が定まるとエネルギーが出るもので、このとき音楽と研究を両立し、やりきったことは、いま仕事をしていく上でも大きな自信となっています。

指揮者、作曲家というしごと

指揮者や作曲家は、基本的にフリーランスとして仕事を受けます。いただいた依頼に対し、自分の力を発揮する、ということの繰り返しで信用を得ていくのです。決まったオーケストラのポストを持たない私であれば、指揮に関しては公演ごと、作曲であればプロジェクトごとに依頼を受けることになります。

作曲では、実演奏するためのオーケストラ作品を書くこともありますが、コンピューター上でソフトウェアシンセサイザーという音源を用いて、演奏者に頼らずに作品を完成させることも多く、今のところ関わったアニメやＣＭの音楽はすべてこの手法で作曲しています。

一方、指揮者はひとりでは決して完結しない仕事です。数十人、あるいは100人を超える人たちがひとつの音楽を奏でられるように、リハーサルを通じて音楽の交通整理を行い、全体が同じ音楽性を持つように導いていきます。そのためには、リハーサルが始まるまでに、スコアを読み解き、作曲の背景やその他のあらゆる知識から、曲の魅力を最大限表現できるようなアイデアを持たなくてはなりません。公演日が休日であることが多いので、カレンダー上の平日と休日が逆の生活となります。公演のない平日は、リハーサルや、それがないときはアイデアを練るための勉強時間にあてます。

私が音楽を作る際に強く意識しているのは、どんなことであれ、他のさまざまな分野とつながっている、ということです。当たり前ですが、どんなことでも人が行うことには人が関わっています。さらにいえば、自然法則に従っています。どのような分野であっても、自然界の中で人が見出し、人とがつながる以上は、他分野との共通項が存在するはずです。日々接しているさまざまな事柄について考えることは、それはそのまま人間の感情について考えることにもなり、ゆくゆくは音楽にも活きるはずです。――もし自分がストレートに音楽大学にしか行っていなければ、このような思考には至らなかったでしょう。

そして再び今へ

この経歴ですので、「どうして音楽の道に進んだのですか」と質問を受けることがしばしばあります。その過程は今までに記述した通りで、紆余曲折はあったものの、自分のやりたいことを考えながら、指揮者そして作曲家になるためにたどった道が、結果としてこのようなものになっただけです。

しかしながら、私が博士号を取得した時点では、専門の研究でアカデミアの仕事に就けるという手ごたえはなく、世間的には難しいとされている音楽業界での仕事の方がずっと身近にあったというのもまた事実です。そして今でも、博士取得者の行き場がないというケースが多々あります。自分は最終的に「音楽家になる」という夢を持って進んできたので、仕事の選択に後悔はまったくありませんでしたが、研究をすることに長けた人間がアカデミアへの道を絶たれてしまう例が多いことは、非常に残念でなりません。

ただし、過去に蓄積したどんな経験も、無駄になることはないと私は思います。どの分野もつながっているのですから。当初は実社会に関係ないと思われたような分野の研究活動でも、そのうちどこかで必要になるということもあるでしょう。また、博士号の英語表記はPh.D.、すなわち哲学博士です。この哲学という部分、つまり博士号を取得するまでに至った過程や考え方は、その後もどこかで必ず活きると私は確信しています。

どんな道であれ、その人が歩んできた道のりは、必ずその先の道を照らしてくれるはずです。私はこれからも、自分が作ってきた哲学を纏って、日々よりよい音楽を作り出したいと思っています。

＊

最後に、これを書いている時点のことを少し述べましょう。ここのところ、コロナ禍においてオーケストラの活動が制限されており、奏者一人ひとりのスペースを普段より広くとって、小編成の楽曲を演奏することが多くなっています。こうした編成・配置のオーケストラでは、ホール音響の良し悪し、特にステージ上でのアンサンブルのしやすさ・しにくさが鮮明になります。よい音楽を演奏するために、ホールの音響特性がより重要になっているといえるでしょう。とりわけ多目的ホール(コンサートに限らず、演劇や講演会などさまざまな用途を想定して設計されたホール)は、音響の面で難しい問題を抱えてしまうこともあります。もしクラシック音楽を聴きに行かれる機会がありましたら、ぜひホールの響きと奏者との対話も楽しんでいただければと思います。

(2020年9月)

【なかじま・あきひろ】
1981年生まれ。早稲田大学理工学部、東京大学工学系研究科博士前期課程を経て同後期課程へ進学した後、2007年よりオーストリア共和国立ザルツブルク・モーツァルテウム大学指揮科に留学。2010年に帰国後、博士後期課程を修了し建築音響工学の分野で博士(工学)を取得。留学後は指揮者として、これまでに国内外にて数多くのオーケストラを指揮、また作曲家として、アニメやCMの楽曲提供も行っている。その他、メディアでの指揮や出演など、幅広い活動を行っている。

広告業界からアカデミアに戻ってきた話

岸　茂樹
（農業・食品産業技術総合研究機構　農業情報研究センター）

「転石苔むさず」ということわざがあります。このことわざは、本来は「職業や住所を転々とする人は成功しない」というネガティブな意味だったそうです。しかしご存じのとおり、現在では「行動し続ける人は時代に遅れることがない」というポジティブな意味で捉えられることが多いと思います。私は希望を込めて、後者の意味を推します。

私もこれまで、職業や住所を転々としてきました。大学卒業後から数えると、引っ越し回数は8回に上っています。現在は研究機関に勤めていますが、一時は広告代理店に勤務したこともあります。民間企業に勤めた後に、再びアカデミアに戻ってきた研究者はまだまだ少ないと思います。今回はそんな私の経歴を紹介します。

もう研究は続けられない

幼いころから昆虫が好きだった私は、昆虫の研究者になることが夢でした。高校生のときに、生物の先生から「おまえがやりたいような昆虫の研究ができるのは東大しかない」と言われたので、東京大学に進学します。卒業研究では宮城県金華山島のフン虫（哺乳類の糞を食べて生活するコガネムシ。食糞性コガネムシ類）を調べました。

大学院は京都大学に進学しました。京都大学のリベラルな学風にあこがれがあったからです。自分の力で一人前の研究者になれるか、試してみたい気持ちもありました。研究材料はフン虫のまま変えませんでしたが、自らの興味と向き合ううち、研究テーマを群集の構造から個体の行動へと徐々にシフトさせていきました。

そうして数年間試行錯誤しているうちに、いくつかおもしろい発見もでき、私はすっかり研究の魅力にとりつかれてしまいました。しかし、研究をまとめるまでに時間がかかったことや、「あいのり」というテレビ番組に出たこともあって、博士課程5年目にしてようやく博士号をいただくことができたのでした。

博士号取得後に、滋賀県にある京都大学生態学研究センターというところに行きました。博士論文の執筆中に始めたマメゾウムシの実験を続けることにしました。私はますます研究に没頭しましたが、業績はまだまだ少なく、ほぼ無給で在籍を許可されているだけの立場でした。

次第に、生活に不安を感じるようになりました。いい年をして親のすねをかじりつつも目に見える業績はなかなか上がらず、当然ながら公募も通りません。当時（2007〜2008年）は、倍率が100倍を超える公募も普通でした。周囲の同世代の方々は輝かしい研究成果を出し、賞賛を浴びながら飛び立っていきます。私は焦り、追い詰められていきました。

しばらくしたある日、体に異変が出ました。家に帰ると、部屋の中の色が失われてしまって、すべてがセピア色に見えたのです。とても驚きました。さすがにこれはおかしいと思い、早めに布団に入ったのですが、今度はまったく眠れません。そのまま1週間、眠れずに過ごしました。とても研究を進められる状態ではなかったので、その後、さらに1週間ほど休むことにしました。しばらくすると次第に眠れるようになり、視界も色づいて見えるようになりました。その後、なんとか研究に戻ることができましたが、この体験をきっかけにして、もうこのまま研究を続けるのは無理だ、と強く思うようになりました。

そこで、研究職の公募にも応募し続ける一方、民間企業への就職活動も始めました。２００８年のことです。大学の就職窓口に行って相談したところ、大学院生や博士号取得者向けの就職斡旋会社を紹介されたため、その会社に登録しました。

自分の武器

企業への就職活動にあたり、まず、どのような会社に就職しようかと考えました。昆虫の研究を行ってきた経験を活かすとすれば、殺虫剤や農薬のメーカーなどが考えられます。しかし、そうした会社に入り、運よく研究職につけたとしても、自由な研究が許されるはずはなく、会社の利益に貢献するような研究を要求されるでしょう。そうしたとき、なまじ専門分野に近いほうが、理想と現実とのギャップに悩むことになるのではないかと思いました。愚痴をこぼしながら仕事をしたくはありません。それならばいっそのこと、自分の知らない分野に飛び込んでみよう。とはいえ、そろそろ30歳になろうというのに社会で通用するような資格もない、会社での勤務経験もない私に、できることはなんだろうか。ひとしきり悩みました。

ふと、考えることそれ自体なら、売ることができるのではないかと思いました。研究に限らず、興味のあることについて広く情報を収集し、深く考えることは嫌いではありません。証拠と論理で問題を解決する科学の方法は、きっと企業でも必要とされるに違いない――。

調べてみると、コンサルタントやマーケター（マーケティングの専門家）などの職業があることがわかりました。大学院で勉強してきた統計の知識も活かせそうでした。そこで、広告代理店やコンサルタント会社を受けることにしました。数社で面接を受けた結果、名古屋の実家から通える広告代理店に採用いただくことができました。

広告業界に飛び込む

広告代理店では、希望通り「マーケティングコンサル局」という部署に配属されました。まず、広告代理店の仕事を簡単に説明しておきましょう。

広告代理店は、テレビ局などの媒体社が売りたい広告の枠を、媒体社の代わりにお客さん（広告主）に売るのが仕事です。たとえばテレビCMなら、テレビ番組の合間に設けられた「広告枠」を、テレビ局が広告代理店を通じて広告主に売ることで、広告主のCMが流れます（詳細は省きます）。この仕組みは、ビルの看板でも新聞の広告欄でもほぼ同じです。

さてここで、広告主がある商品を売りたいときに、どのような媒体に、どのような宣伝をするのが最も効果的でしょうか。このような疑問への答えを探るのが、広告代理店のマーケティング部署です。マーケティング担当者は、広告主から案件がくると、できるかぎり情報を集め、必要ならば市場調査も行います。そうした情報を元に、その商品の宣伝の企画全体をパッケージとして組み立てていきます。同じ部署の先輩からは「突飛な広告はいらない、商品が売れる広告を作れ」とよく言われました。

大型の競合案件では、数社の広告代理店が、指定された期日に広告主のところへ赴き、プレゼン勝負をすることになります。広告主はそれぞれの企画内容をみて、最もよいと判断した代理店と契約を結ぶのです。企画の内容一つで数千万円の得失が決まるので、責任は重大です。契約を獲得できると、今度は予定した通りに企画を進めていかなければなりません。広告主からの注文や協力会社との条件交渉、媒体社との広告枠の相談など、時々刻々と変わる状況の中、常に難しい判断を迫られることになります。

このような仕事が続くので、1週間で残業時間が50時間を超えることもざらでした。プレゼンが迫ってくると、徹夜も続きました。

しかし一方で私は、気楽さも感じていました。会社では、社員が大きな成果を上げても、その成果は基本的に会社のものになります。他方、失敗をしても、法律や社則を守っている限り、最終的な責任は会社が取ることになります。つまり会社での仕事は自分のものではなく、会社のものなのです。

会社で働き始めてから、自分と仕事を切り離し、仕事を客観的に捉えることができるようになりました。仕事の量は多かったのですが、その時々で自分にできることをやればいい、と考えるようになりました。

屋上でミツバチを飼う

そんな中、勤務先の広告代理店で、養蜂を始めることになりました。ちょうど、銀座のビルの屋上で養蜂が始まり、人気を集めていたころです（銀座ミツバチプロジェクトとして、現在も続いています）。会社の役員の一人が、その人気に目をつけました。一方の私は、広告代理店にいながらも、昆虫にたずさわる仕事がしたいと思っていました。そこで役員と私の2人で、養蜂を仕事にできないかと相談し、企画書を作りました。「蜂蜜を収穫し、それを商品開発につなげるなど、養蜂をいろいろな活動に広げていくことで、最終的に広告代理店の顧客である広告主を開拓する」という内容です。こうして社内で画策した結果、会社のビルの屋上でミツバチを飼えることになりました。とはいえ養蜂については素人だったので、養蜂家の方の助けを借りながら、少しずつ技術を習得していきました。

会社の屋上で飼い始めたミツバチ。とても楽しい時間でした。

　私たちの活動は、名古屋のシンボルマーク[*1]から「マルハチプロジェクト」と名付けました。収穫できた蜂蜜を使って、地元の和菓子メーカーの両口屋是清さん、洋菓子メーカーのジョエル・ロブションさん、キルフェボンさんなどと商品開発を行いました。地元のＮＰＯ法人で市民の方向けにミツバチの講義を行ったりもしました し、養蜂見学や出張講義の依頼も随時受け付けていました。ちょうどそのころに名古屋でＣＯＰ10が開催され、名古屋市のブースで説明をすることもできました。

そうこうしているうちに、近所の方々とも交流が生まれてきました。「蝶の飛ぶまちプロジェクト」を進められていた竹中工務店さんや、長者町ハニカム計画の方々などです。こうした交流が、少しずつ広告の仕事にもつながっていきました。

広告代理店は、人脈で仕事をしているようなところがあります。その名の通り「代理店」なので、会社自体は資金もあまりなく、また商品も生み出していません。広告主と媒体社など、会社と会社をつなげることで、初めて利益を得られる会社です。つまるところ、人と人をつなげる仕事です。そのため広告代理店で働く者にとって、人脈は大きな財産です。

マルハチプロジェクトでできた人脈は、当然ながら社内ではユニークなものでした。あるとき社内のベテランの方から「おまえのようなやつが1人くらいいてもいい、それが広告屋のいいところだ」と言われたことがあります。広告業界に飛び込んで初めて、自分の居場所を見つけられたような気がしました。

広告業界2年目

入社2年目になると、このマルハチプロジェクト以外の仕事でも、やりがいを感じ始めていました。任せられる仕事も増えましたし、私の仕事を評価してくださる広告主の方や協力会社の方も増えてきました。それとともに、会社にいて恥ずかしくないくらいには、売上を出せるようになってきました。

しかし、広告業界に違和感を抱くこともありました。私のごく個人的な印象ですが、広告業界はお祭り好きな人が多く集まるところです。小学生のとき、いつもみんなを笑わせるようなおもしろい子がクラスに1人はいたと思いますが、広告業界はそのような人たちが集まってワイワイやっている印象があります。必定、飲み会も多く開かれます。飲み会のたびに皆を笑わせるネタを仕込んでいける人たちが多く、彼らのことを素直に尊敬しているのですが、それは私にはとても難しいことでした。

広告代理店で花見をしたときの一枚。苦しいときほどユーモアを、と教えられました。

そして正直にいえば、私は飲み会で滑り続けました。そんな状態でしたから、仕事の付き合いで行く飲み会はあまり気乗りがしませんでした。

もう一つ、これは私が広告代理店で仕事をしていたころ(2009~2011年)の話ですが、統計解析の有用性が予想以上に理解されていませんでした。手元のデータを解析して上司に見せても「そんな分析結果なんて、お客さんにわかるわけないだろ」とよく言われたものです。社内のチーム会議で解析結果について丁寧に説明しても、「おまえの話はつまらん」と一蹴されることもありました。広告の仕事は人脈が重要だったと前に書きましたが、これは裏を返せば、データの裏付けや合理的な判断が軽視されやすいことを意味します。私が就職する前に思い描いていた目論見通りにはいかなかったわけです（もっとも、近年ではデータサイエンティストが脚光を浴びるようになってきましたから、広告業界も変わりつつあるのかもしれません）。

研究がしたい

一方で私には、研究に後ろ髪を引かれる思いがずっとありました。かつての研究仲間が次々と成果を上げるのを見聞きすると、自分が置いてけぼりにされたような寂しさを感じましたし、同時に、研究をしていない自分自身に、いらだちや歯がゆさも感じていました。

次第に、研究から離れたままの人生で本当にいいのか、考えるようになりました。そして、広告業界2年目の後半ごろから、アカデミアの公募に、またポツポツと応募するようになりました。

そうした中、２０１１年3月11日に、あの東日本大震災が起きました。私はあの日、名古屋港の近くで、電力会社が広告主となっているテレビ番組のロケに付き添っていました。ぐらぐらとかなり揺れたものの、地震直後は同行した方々と「大したことはないだろう」と話していました。しかしその夕方、ロケを終了するころになると、原子力発電所の事故のニュースも入ってきて、電力会社の方々の表情が青ざめていったのを覚えています。

みなさんは、震災後しばらく、ＣＭがすべてＡＣに切り替わったのを覚えているでしょうか。あのとき広告代理店の中では、放映を取り止めたＣＭの契約をどうするのか、大騒ぎになっていました。キャンペーンやイベントなども次々と中止になり、多くの仕事が飛んでしまいました。

そして私は早く帰れるようになり、家でテレビを見ていました。流れているのは当然ながら津波の映像で、すべてのものが押し流され、破壊されていきます。私はその映像を見ながら、自分の命も生活もいつどうなるのかわからない、それならば後悔のないように、やりたいことをやっておくほうがいいのではないか、とぼんやりと思いました。

研究の現場に戻れたら、やりたいことは大きく二つありました。一つは、広告代理店へ就職するときに中途半端なままにしてしまった、繁殖干渉（異なる生物種の間に生じる性的な相互作用）の研究をまとめることです。もう一つは、花と昆虫の関係を研究することです。

後者は、例の養蜂がきっかけです。養蜂を始めた当初、ミツバチがどんな花から蜜を集めているのか知りたいと思いました。そこで近くの公園などで身近な花を見ているうちに、多様な昆虫と花が共存できるしくみについて、新しい研究のアイディアを思いつきました。

アカデミアに戻る

そして2011年7月、運よく、東京大学のポスドクとして採用が決まりました。三宅島（伊豆諸島）の節足動物の調査がその仕事です。

広告代理店の正社員という比較的安定した職から、任期付き研究員という不安定な職に移ることになりました。給料も、広告代理店では残業代を含めるとそれなりの額をいただいていましたから、減ることになりました。

それでも研究の世界に戻ったのは、先述のように、やりたい研究があったからです。ただ、かつて

北海道で調査中のカボチャ畑。どのような昆虫が、どのくらい花粉を運んでいるのかを調べています。

のように「絶対に研究で成功しなければならない」と深刻には考えなくなっていました。むしろ、広告代理店での経験をへて、「またもしうまくいかなくなったら、企業かどこかで働けばいい」と気楽に考えられるようになりました。少なくとも、企業で働くことへの漠然とした不安はなくなりました。

広告代理店に退職願を出し、机の引き出しに束になっていた代休届を提出して、1ヶ月の休みをいただきました。その1ヶ月間ほぼ毎晩、仕事でお世話になった方々が送別会を開いてくださいました。肝臓が心配になりましたが、広告業界らしいなと思いました。同時に、自分がやってきた仕事を認めてもらえたように感じてうれしかったです。ただここでもやはり、スピーチは滑っていました。

東京大学の後も数ヶ所でポスドクを経験し、現在の職に至っています。現在は農研機構という研究機関で、農作物の花粉を運ぶ昆虫の研究をしています。リンゴ、カキ、カボチャ、ニガウリなど、多くの農作物が昆虫に花粉を運んでもらうことで実をつけていますが、花粉を運ぶ昆虫のことはあまりよくわかっていません。現在、そうした農作物とその花粉を運ぶ昆虫の関係について、多くの研究者と共同で研究を進めています。

振り返ると、広告代理店にいるときにやりたいと思った研究がいずれもできています。繁殖干渉の研究はいくつかの論文にまとめ、2018年には書籍として出版することができましたし、花と昆虫の研究もこうして続けることができています。幸運としか言いようがありません。

茨の道、それでも

ここまで書いてきましたが、こうしたキャリアパス(研究の専門分野とは無関係なところに就職し、またアカデミアに戻る)を、若い方に有力な選択肢として奨めようとは思いません。残念ながら現在でも、アカデミアを一度退けば、戻ってくるのはかなり難しいからです。近年のアカデミアでは、特に若い時の業績が大きくものをいう構造になっています。運よくアカデミアに戻ってこられても、茨の道と言わざるをえません。たとえば私は、戻ってきたときには学位取得後年数が規定を超えていたため、学振PD[*2]に応募できませんでした。一度できてしまった研究業績の差を跳ね返すのも至難の業です。私が現在の職に就けたのは、単に運がよかったからです。

しかし一方で私は、広告代理店で働いた2年あまりをまったく後悔していません。世界がセピア色に見えたあのとき、もし研究にしがみついていたら、とっくにつぶれてしまっていたでしょう。私はあのころ、目が炯炯として、まさに『山月記』の李徴そのものであったと思います。広告代理店では、肩の力を抜いて生きることを学びました。それに、養蜂を通じて新しい研究への着想を得ることもできました。感謝しています。

この原稿を書くにあたって周囲に聞いたところによると、私のほかにも民間企業からアカデミアに戻ってきた人はちらほらといるようです。民間企業でさまざまな技能や考え方を身につけた人が、研究者として多く戻ってこられるようになれば、アカデミアは今よりももっと、多様で豊かな場所になると信じています。

（2021年2月）

＊1　漢字の「八」の周りを「〇」で囲んだ「まるはち」マーク。尾張徳川家の合印に由来し、名古屋市の市章にもなっている。

＊2　「学振」とは、日本学術振興会特別研究員のこと。採用されると、研究費および研究奨励金（給与）が支給される。申請資格によって複数の区分があり、「学振PD」は博士の学位取得後5年未満（2021年2月現在。申請時の見込みを含む）の者が申請できる。

【きし・しげき】

1977年生まれ。農業・食品産業技術総合研究機構主任研究員。2007年、食糞性コガネムシ類の行動生態学の研究で学位取得（博士（農学）、京都大学）。2009〜2011年に広告代理店、三晃社勤務。繁殖干渉、花と昆虫のネットワークなどの研究を経て2019年から現職。現在は農作物の送粉を担う昆虫の研究を行っている。趣味は写真、読書、キャンプ。

あとがき——博士号取得者の苦難と希望

榎木英介
（フリーランス病理医）

理工系を中心とする博士号取得者の苦境が取り沙汰されて、どれくらいの年月が流れただろうか。思えば1950年代、素粒子物理学から始まった博士号取得者の就職難。世は高度成長期の前。大学進学率は低く、博士号を取得したとしてもそもそも大学教員の絶対数が少なかった。博士号を取得しても、あるいはあえて博士号を取得せず、研究室に所属しつつ、高校教員などをしながらポストが空くのを待つ博士たちがいた。

そんな博士たちに朗報が届いた。高度成長期を迎え、理工系人材の不足が予想されたため、1957年に文部省（当時）が「科学技術者養成拡充計画」を立てたのだ。1960年の「所得倍増計画」などもあり、理工系の学生定員は増加。それに伴い、教員の需要も増加した。博士号取得者は、全国各地に散っていった。

しかし、そんな黄金時代も長くは続かなかった。1960年代後半になると、理工系学部の新設、増設はひと段落し、増えた大学院から育成された博士らが行き場を失って研究室に滞留するようになった。これがいわゆる「オーバードクター問題」だ。1970年時点で、博士課程修了者の4分の1

に相当する2612人が、無給の研究者として大学の研究室に残っていたという。[*1]

その一部は大学進学率の上昇に伴う教育需要の増加に伴い、予備校などの教員になった。しかし、1970年代に相次いで起こったオイルショックにより、高度経済成長期が終わると、事態は深刻化した。

1980年代前半には全国に3500人以上いたと言われるオーバードクターたちは集い、組織化し、問題解決に向けて動いた。本を出版し、国会議員に働きかけ、政策を動かした。少なくとも無給はなんとかしないといけないということが政府にも認識され、欧米の研究機関にならったポストドクター制度が拡充されていった。「日本学術振興会特別研究員制度」が始まったのは1985年だ。

そして時代も味方した。1985年の「プラザ合意」に端を発するバブル経済が、理工系の博士号取得者たちの就職先を拡大した。また、「第二次ベビーブーム世代」が大学受験期を迎え、大学の臨時の定員増などもあいまって、大学においても博士号取得者の需要が高まった。

しかし、バブル経済は1991年ごろ、あえなく終焉を迎える。大学や研究機関における博士号取得者の需要はその後、再び低迷する。

さらに、日本の大学はバブル期の「つけ」を払うことになる。

バブル期に日本企業の進出に脅威を感じたアメリカは、日本にある要求を突きつける。いわく、日本はアメリカなど諸外国の基礎科学研究の知見を使ってメーカーが製品を作り、商売をしている。それはずるいのではないか。日本も基礎科学に応分の投資をし、世界に知見を発表するべきだ……。いわゆる「基礎科学ただ乗り」論だ。

アメリカからの要求に屈した政府は、矢継ぎ早の改革を開始する。

1991年、まさにバブルが弾けたと言われるその年に、文部省は答申を相次いで発表する[*2]。5月に発表された「大学院の整備充実について」では、「学部から独立した固有の教育研究組織としての実態を具備する方向で教員組織、施設設備を整備」するとされた。そして11月に発表された「大学院の量的整備について」は、のちに「大学院生倍増計画」と呼ばれるように、2000年までに大学院生を倍増させる目標が掲げられることになった。

しかし、大学院生を倍増させると言っても、設備や予算が急に倍になるわけではない。このため、「大学院重点化」が始まる。大学院生の方が学生1人当たりの予算(積算校費)が多いうえ、教員1人当たりが担当できる学生の人数も多かった。これを狙い、大学の教員は大学院が本職で、学部は兼任という形になったのだ。東大から始まった大学院重点化は、旧帝大や有力大学に広がっていった。

そして1995年、議員立法により、科学技術基本法が成立する。翌1996年には、第1期科学技術基本計画が開始。ここで悪名高い「ポストドクター等1万人計画」が始まる。増えた大学院生が無給であってはいけないと始まったポスドク制度をさらに拡充させ、その数を1万人に増やすというものだ。

ポスドクはオーバードクターに対する経済支援であると同時に、「武者修行」の場として定義され、外国も含めたさまざまな場で研究の経験を積むことが想定された。また、こうしたポスドクがベンチャー企業などを興すことも期待されたという。これにより、科学技術基本計画が目指した「科学技術創造立国」が実現可能になる——。

しかし、夢は潰え、過酷な現実が博士たちを襲う。「大学院生倍増計画」にせよ「ポストドクター等1万人計画」にせよ、目標は達成されたものの、大学などの教員の定員の増加は、増えた博士号取得者を吸収するほどではなかったのだ。1997年、博士課程修了者数が大学教員の新規採用者数を超えた。たとえ大学教員の新規採用者が新規博士課程修了者のみから採用されたとしても、全員が採用されなくなったということだ。もちろん、新規教員には新卒者以外も応募するわけだから、それはあくまで机上の空論でしかなく、それ以前から大学教員は狭き門ではあったが、このときからは、どうひっくり返っても、博士課程修了者の一部はアカデミア以外に職を得なくてはならなくなったのだ。とはいえ、こうした状況に大学がすぐ対応したわけではなかった。博士課程の目的が研究者育成であることに変わりはなく、アカデミア以外の就職先を求める者は異端視された。

2000年代になり、さらに大きな苦難がやってくる。大学に任期制が導入され、新規採用の若手研究者の多くは任期がついた職に就いたのだ。その後、この任期制は定着する。文部科学省科学技術・学術政策研究所の「研究大学における教員の雇用状況に関する調査」(2021年3月公表)[*3]によれば、主要な研究大学18校[*4]に所属する教員は2019年に3万7255人いた。そのうち任期付き教員は1万3542人(36・3%)となっているが、その割合は39歳以下の若手で63・0%、中堅(40歳以上59歳以下)で28・9%、シニア(60歳以上65歳以下)で21・7%と、若手ほど任期付きの割合が多い。

2004年には国立大学が法人化され、国からの予算である運営費交付金は年率1%ずつ減らされていった。研究者たちは競争的資金に依存し、ポストドクターたちもプロジェクトごとの雇用になった。金の切れ目が縁の切れ目となり、厳しい状況に置かれた博士も多数出た。

一方、アカデミア外に道を求めるのも厳しい状況のままだった。大手企業を中心とする年功序列、終身雇用、新卒一括採用の「日本型雇用」、いわゆるメンバーシップ型雇用に阻まれ、簡単には職を得ることができなかった。研究開発に力を入れる企業の多くはまだこの雇用形態だ。失われた20年と言われた時期であったのも痛い。

「団塊世代」がまだ定年になっていなかったこともあり、こうした世代の雇用を守ることが優先された。新規採用は抑制された。「団塊ジュニア世代」というボリュームゾーンを中心に、「就職氷河期世代」が誕生したのは誰もが知るところであるが、それはアカデミアでも同じだった。大学教員の任期制や有期雇用のポストドクターが、新規採用の若い世代にばかり押し付けられたような格好になったのだ。

自己責任を強調する新自由主義的な価値観が広がったのも大きい。就職できないのは無能だ、能力があれば就職できるはずだ、博士号取得者は使えない、頭が硬いといった言葉が飛び交った。[*5]

２００８年のリーマンショック、２０１１年の東日本大震災など、社会の情勢は厳しく、博士号取得者の苦境は続く。

一方、上の世代の苦境を目撃したことが、大学院博士課程進学を忌避する雰囲気を生み出した。文部科学省の学校基本調査によれば、少子化の影響もあいまって、２００３年度の１万８２３２人をピークに、博士課程入学者の数は減少の一途を辿る。２０２０年度には１万４６５９人となった。時を同じくして、日本人研究者が生産する論文の数や質の低下が深刻な問題として認識されるようになったことから、博士課程進学者の減少もその一因として取り上げられるようになった。

こうした中、2010年代には、政府は若手研究者に対するさまざまな事業を行った。文部科学省の科学技術関係人材のキャリアパス多様化促進事業(のちにポストドクター・キャリア開発事業)(2006~2017年)[*6]や、博士課程教育リーディングプログラム[*7]、卓越研究員事業[*8]などである。文部科学省と経済産業省は議論を重ね、「理工系人材育成に関する産学官行動計画」を公表した[*9]。博士号取得者の進路はコホートで追跡されるようになった[*10]。また、各分野別の博士号取得者の需要も詳細に検討されるようになった。

さらに、民間企業が新卒を中心に博士号取得者を採用するようになってきており、博士課程在籍者も、分野によっては最初から民間企業志向が強い者が多い。抵抗感がなくなったのだ。

近年では、専門性を問わずに人を集め、業務を柔軟に振り分けるメンバーシップ型雇用より、やるべき業務の範囲を明確にして、その業務を行える人を募集するジョブ型雇用が広がりつつある。これは博士号取得者にとっては追い風だ。自らの専門性が活かせる職を、年齢に関係なく見つけることができる可能性があるからだ。

政府もより積極的に動き始めている。2020年、ついに政府は「研究力強化・若手研究者支援総合パッケージ」を作成。2021年からの第6期科学技術・イノベーション基本計画では、若手研究者に10年間の安定的資金を与えることにより、腰を据えて研究ができる環境を整えるようになった。これと同時に、研究者の多様なキャリアパスの拡充も行うという。

これで問題解決。めでたしめでたし。とはいかなかった……。

2000年代、2010年代に苦しんできた就職氷河期世代は、もう「若手」ではなくなった。政府が動いたのは、団塊世代というボリュームゾーンかつ票田がほぼ現役を退いたことと、少子化による若手減少があったからと言える。第2のボリュームゾーンである氷河期世代は時間を稼がれた挙句、梯子を外され、なかったものにされてしまったのだ。

アカデミックポストが狭き門であることも変わっていない。

2020年、東京都立大学が教員の公募に何人の応募者があったかの数値を公表したことが大きな話題となった。[*11] 理学部生命科学科の准教授1人の公募に、実に139人の応募者があったことが明らかになった。こうした厳しさは都市伝説的に言われていたことではあるが、具体的数値が明らかになったことの衝撃は大きかった。

こうした博士やポスドクの苦境は、全てが政府のせいというわけでもない。

文部科学省の事業の成果もあって、大学や研究機関に研究者の就職やキャリアを扱う部署ができ、民間企業などアカデミア外への就職を後押しするような講座やインターンシップも行われるようになった。しかし、支援が不十分な大学も多い。そして何より、労働集約的な生命科学系を中心とした一部の研究室では、大学院生やポストドクターの自由を奪い、研究機関内で行われているさまざまなキャリア関連のイベント、講義などへの参加を許さないことすらある。

分野による分断も大きい。博士号取得者に対する需要が多いIT系を含めた工学系の分野からみれば、生物系の博士号取得者が苦境に置かれているなど、遠い世界のように感じられるかもしれない。「バイオ系がネガティブなことを言うから博士課程進学者が減っている。風評被害だ」という声すらある。

そして、どの分野でも、教授や主任研究員になった人は「勝ち組」であり、自らの地位は自分の力で勝ち取ったものだと思っている人も多い。これまで述べてきたとおり、すでに今研究を行っているあらゆる世代が、程度の差こそあれキャリアに苦しんできた過去を持つ。それゆえの「生存者バイアス」や先述の新自由主義的な考え方の広がりもあり、研究者として能力のなかった人間のことなど知らぬ、自己責任だという冷淡な態度を取る大学教員も多い。

こうした状況の中、いったい何をすれば、苦境に陥った博士やポスドクに、生きる術を見つけてもらえるのだろうか。

その回答が、本書である。

本書には、大学や公的研究機関(いわゆるアカデミア)の常勤研究職にとどまるのではない、さまざまなキャリアをたどった方々の人生が語られている。本書に登場したみなさんは、自分の進路に苦悩しつつも立ち止まらず、自ら一歩を踏み出し、歩んでいる方々だ。

民間企業とアカデミアを自在に行き来する丸山宏さん、滋賀県知事を経て参議院議員となった嘉田由紀子さんというお二人のビッグネームのインタビューもあるが、本書の特徴は、こんなことを言っては失礼だが、決して輝かしい著名人だけを取り上げているわけではない点だ。著者らのほとんどは、言ってしまえば普通の人たちだ。だからこそ、参考になるのだ。民間企業のみならず、実に多彩な職の道に進んだ人が紹介されている。

生物学の分野でポスドクとして11年過ごしたのちに、民間企業に職を得た牧野崇司さん。本書のもととなったウェブ連載では、牧野さんの回の反響がもっとも大きかったという。そのこと自体、進路に迷っているポスドクの方々が多いことを反映しているだろう。牧野さんのケースは、長期間のポスドクを経ても民間企業に就職することができるのだという希望を与えてくれる。生物学分野のポスドクを経て外資系バイオテクノロジー企業に職を得た花岡秀樹さんのケースや、やはり生物学で博士号を取得し、大学教員を経て民間企業で研究開発に従事する大隈貞嗣さんのケースも、厳しいと言われる生物系のキャリア選択にとって大いに参考になる。

工学分野の大学准教授を経てアメリカの民間企業に勤める今出完さん、脳科学の大学准教授から起業した金井良太さんは、アカデミアから離れることに躊躇しがちな私たちの固定観念をぶち破ってくれた。

生物学で博士号を取得したのち、研究者兼翻訳家になった坪子理美さん。心理学を学び、経済学で博士号を取得し、大学教員を経てフリーランス、そして起業と、場所も分野も縦横自在に飛び越える山根承子さん。研究か就職か、アカデミアかその外か、という二者択一ではない選択があることを示してくれた。

物理学で博士号を取得し、ポスドク、URAを経て高校教員となった増田(渡邉)皓子さん。結婚、出産というライフイベントとキャリアが重なり苦労された増田さんの体験は、ウェブへの掲載ののちに朝日新聞の記事としても紹介され[*12]、多くの共感を呼んだ。

生物学分野のポスドクなどを経て研究機関の広報職を得た雀部正毅さん、経済学で博士号を取得し、URAになった森本行人さん、物理系の出身で、文部科学省に入省した高山正行さん、生物系から知財の道に進み、弁理士になった福家浩之さん。自ら研究するのではなく、研究を支えるという道にも、特有の面白さややりがいがあることを教えてくれた。

他にも、物理学で博士号を取得したのちアウトドアメーカーを経て農業を行う岩野祥子さん、工学で博士号を取得し、指揮者、作曲家になった中島章博さんなど多くの方々が、博士号の価値は研究だけにあるのではない、研究以外のさまざまな場所で、博士課程で学んだことや研究歴が生きるということを教えてくれた。

もちろん、これらの人生とまったく同じような道を歩むことは難しいだろう。専攻した分野も違えば年齢も違う。社会情勢も異なるだろう。しかし、博士の就職が厳しいと言っても、あらゆる道が閉ざされたわけではない。博士が活躍できる民間企業や職種は多数あり、たとえ博士課程卒業直後の新卒でなくても、職を得られる可能性はあるのだ。本書の著者らの体験は、「アカデミアから離れることは人生が終わることだ」という固定観念、先入観、恐怖を取り払ってくれる。こうした多様な道筋を辿った方々がいるということだけでも、大きな希望になるはずだ。

ちなみに私も、本書の多くの著者らのような博士課程経験者の一人だ。個人的なことになるが、ひとつの参考として、ここで私の経歴も書かせてほしい。

私は１９７１年生まれだ。本書の多くの著者らより少しだけ年上で、まさに団塊ジュニア世代の走りかつ、就職氷河期世代の走りにあたる。１９９１年、大学院生倍増計画が公表された年に大学に入り、理学部に進学した。大学院重点化が行われ、科学技術基本法が成立した１９９５年に大学院修士課程に進学した。研究室の定員は倍になり、上の学年と比べて人が明らかに多くなったなあと思ったことを記憶している。

とはいえ、当時の大学の研究室の多くにおいては、設備もスタッフも以前のままであり、大学教員の意識も学生の増加に対応していなかったため、さまざまな問題が発生した。こうした環境の激変に不安を覚えた私は、「生化学若い研究者の会」に入会し、若手研究者が置かれた環境についてインターネット上で発言したりするようになった。しかし、そんな大学院生に対する風当たりは強く、将来への不安もあって、2000年に医学部に学士編入学で入学した。

2000年代は医学生をしながら医学研究者を目指したが、奨学金制度の拡充を訴える投書が『ネイチャー』誌に掲載されたことを咎められ、研究室を追い出されてしまった。これをきっかけに職業研究者の道を諦め、NPO法人を立ち上げ、若手を中心とする研究者のキャリア問題に取り組むことになった。医師(病理医)としての仕事の傍ら本を出版し、文部科学省のポストドクター・キャリア開発事業の評価委員になり、総合科学技術会議(当時)の会合に出席し、意見を述べたこともある。

こうした活動が果たしてどの程度効果があったのかはわからないが、前述の通り、若手研究者支援の動きはちょっとずつ進み出した。

しかし、2018年、ほぼ同世代だったオーバードクターの研究者が、所属していた研究室に火をつけ、研究室と自らを焼いてしまうという事件に大きなショックを受けた。どれほど将来を悲観したのだろうか。今まで私がやってきたことに意味があったのだろうか。当時の私は、病理診断を行う大学の講師として安定的な地位を得ていたが、自分がそのような地位に留まりながら、研究者のキャリアパスを語る資格があるのだろうか……。

私は大学を辞めた。医療過疎地にある病院での勤務を経て、フリーランス病理医として独立した。

少し前に立ち上げた一般社団法人とともに、あらたに自分一人の合同会社を立ち上げ、個人事業主とあわせ3本立てで働いている。

決して政策を動かすことを諦めたわけではないが、政策の変更は大型の船が針路変更するようなものであり、今危機にある人たちには間に合わないかもしれない。ならば自分ができることを可能な限りやっていくべきだと思って独立し、在野で生きることにしたのだ。

もちろん私の場合、現状では収入の大半は病理診断を行うことから得ており、これは医師免許があるからできることではある。とはいえ近年、大学や研究所以外で研究を行う在野の研究者は増えている。アメリカでは、研究歴のある人たちが、プロジェクトごとに雇用され、その専門性で対価を得るギグワーカー的な働き方をしている例も増えている。本書に登場した山根承子さんの生き方はこれに似ている。もはや、アカデミアの内と外の間の垣根は限りなく低くなっているのである。

近年では在野で生命科学の研究を行う「バイオハッカー」が登場するなど、分野が広がっている。アカデミアの外に出るということが、研究を諦めること、やりたいことを諦めることとイコールではなくなっているのだ。

私も医師としての仕事のほかに、科学技術政策をウォッチする活動や、研究不正の動向を追う活動を行っている。在野でもできることは多数あるし、しがらみのない在野だからこそできることもある。悪戦苦闘するこの経験が、ロールモデルとして少しでも誰かの役に立てばと思っている。

そんな中、本書の企画に協力させていただけることになった。本書のような、多様なキャリアを歩んだ方々をロールモデルとして紹介することは、かねてより考えていたことだったからだ。本書に登場した方々の一部は、私が紹介させていただいた。機会を与えてくださった岩波書店の辻村希望さんに心より感謝申し上げる。

本書が、進路に迷う博士号取得者たち、博士課程進学に興味のある若い人たち、家族や友人が博士号を取得した人、これから取得しようとしている人たち、そして何より、若手優遇のアカデミアの中で悩む氷河期世代の「希望」となることを願って筆を置きたい。

＊1　1972年3月26日朝日新聞記事

＊2　大学審議会答申・報告 概要　https://www.mext.go.jp/b_menu/shingi/chukyo/chukyo4/gijiroku/03052801/003/001.htm

＊3　治部眞里・星野利彦「研究大学における教員の雇用状況に関する調査」https://doi.org/10.15108/rm305

＊4　北海道大学、東北大学、筑波大学、千葉大学、東京大学、東京農工大学、東京工業大学、一橋大学、金沢大学、名古屋大学、京都大学、大阪大学、神戸大学、岡山大学、広島大学、九州大学、早稲田大学、慶應義塾大学

＊5　2008年に行われた自民党の無駄遣い撲滅プロジェクトチームによる「政策棚卸し」(8月4〜5日)、2009年に民主党政権下で行われた「事業仕分け」の文部科学省の事業に対する評価(11月13日)での発言。

＊6　博士人材キャリア開発サイト　https://www.jst.go.jp/phd-career/

＊7　博士課程教育リーディングプログラム　https://www.jsps.go.jp/j-hakasekatei/

＊8　卓越研究員事業　https://www.jsps.go.jp/j-le/

＊9　理工系人材育成に関する産学官行動計画　https://www.meti.go.jp/policy/innovation_corp/entaku/keikaku.html

*10 博士人材追跡調査 https://www.nistep.go.jp/jdpro/
*11 東京都立大学 採用・昇任選考結果一覧 https://www.houjin-tmu.ac.jp/recruit_teacher/results/tmu/
*12 2021年4月27日朝日新聞(連載「「リケジョ」がなくなる日」ケース5)

【えのき・えいすけ】

1971年横浜生まれ。1995年東京大学理学部生物学科(動物学)卒。同大学院に進学したが、博士課程中退。神戸大学医学部に学士編入学した。2004年に医師免許取得。2006年に博士(医学)。近畿大学医学部講師、兵庫県赤穂市民病院の一人病理医などを経て、2020年4月よりフリーランス病理医として独立。病理専門医、細胞診専門医。進路に迷い方向転換をした経験などから、若手研究者、博士のキャリア問題に強い関心があり、さまざまな活動を続けている。一般社団法人科学・政策と社会研究室(カセイケン)代表。著書『博士漂流時代』(ディスカヴァー・トゥエンティワン)で2011年科学ジャーナリスト賞受賞。

アカデミアを離れてみたら
　——博士、道なき道をゆく

2021年8月4日　第1刷発行
2023年4月5日　第5刷発行

編　者　岩波書店編集部

発行者　坂本政謙

発行所　株式会社 岩波書店
〒101-8002 東京都千代田区一ツ橋2-5-5
電話案内 03-5210-4000
https://www.iwanami.co.jp/

印刷・三秀舎　カバー・半七印刷　製本・松岳社

ISBN 978-4-00-061483-2　Printed in Japan